Ponte en 4 y relax…

Perla Gizem

ISBN: 0-9998365-4-4
ISBN-13: 978-0-9998365-4-5

Leer nunca pasará de moda...

TABLA DE CONTENIDO

No desesperes por saber el final de un libro, disfruta cada una de sus páginas.

1. EL SUEÑO

Habían pasado meses desde la última vez que soñó con él. Después del abrupto rompimiento con Martín, Helena repetía en su memoria las escenas de amor que había compartido con él. No deseaba que ocurriera, sabía lo doloroso que era al despertarse bañada en sudor y con la entrepierna húmeda, sabiendo al mismo tiempo que la realidad no era nada parecida a lo ocurría dentro de su cabeza. No obstante, esa noche no soñó con ningún recuerdo y le pareció más bien que era una experiencia completamente nueva. Incluso, si se lo preguntaban directamente no sabría decir si el hombre de sus sueños era en realidad Martín.

Normalmente la escena comenzaba inmediatamente dentro de la habitación, pero éste era un lugar nuevo. Un salón largo y extenso lleno de luces que poco a poco iban desvaneciéndose mientras avanzaba a su destino. Sabía que iba a reunirse con alguien y que si los encontraban se meterían en problemas, pero algo en ella la impulsaba a caminar, algo que no pudo reconocer hasta que lo vio parado bajo el único foco del lugar. Era deseo ¿Hacía cuánto no había estado con alguien? No podía recordarlo y no sabía exactamente si era por eso que sentía la incómoda necesidad entre las piernas. Él la recibió sin decir una palabra, la tomó por la cintura y la atrajo hacia sus labios. Inmediatamente pudo sentir el gusto en la boca y se sorprendió porque Martín nunca había sabido de esa manera. Él no la tomó por la fuerza, ni hizo más nada que apretarse a ella por la cintura. Sin embargo, Helena necesitaba sentir sus besos con más intensidad y se aferró primero a su camisa y después a su cuello como si ninguna de las dos cosas fuera suficiente. No podía describir a qué olía, pero la estaba volviendo loca y mientras más se aferraba a su camisa más quería deshacerse de ella. Él deslizó sus manos por la curva de su espalda hasta llegar a sus nalgas y Helena pudo sentir el fuego atravesarle los pantalones deportivos. Él apretó primeramente con gentileza, pero después de unos segundos se había aferrado a ellas con fuerza y se movía separándolas y acariciándolas con

1

rudeza. Al mismo tiempo sus bocas luchaban por conseguir oxígeno sin tener que separarse por completo. Ella podía sentir el sabor dulzón de su lengua ir y venir por su paladar mientras ambas se entrelazaban en un vaivén violento.

El hombre deslizó la primera mano por el borde del pantalón y ella tembló ante el primer toque de su piel. Sabía que eran manos nuevas, que jamás la habían tocado y el shock fue inmediato. Buscó aliento entre sus jadeos entrecortados y la profunda respiración de su acompañante, pero él no se rindió y metió ambas manos a través del pantalón y la ropa interior, la alzó como si no pesara nada y la apretó por las caderas en contra de su pecho. Ella, una vez más, se derritió en su agarre y no pudo objetar nada mientras sentía cómo su cuello era recorrido por una línea incesante de besos que se adentraban cada vez más hacia su pecho. Ambos comenzaron a moverse, él andando y ella aferrada a su torso por las piernas, al tiempo en que los besos la volvían ahogar y sus respiraciones se entrelazaban en un mar de resuellos. Lo siguiente que supo fue que él estaba sobre ella y que algo los sostenía en aquel salón tan poco iluminado.

-¿Tienes miedo?- Escuchó su voz por primera vez, pero le sonó tan familiar que no se detuvo a pensar de quién era. Ella, temblando, respondió que no y él le acarició la espalda por debajo de la blusa mientras se deshacía de la franelilla que llevaba puesta. La miró con ansias y ella se dejó observar esperando que la encontrara tan deseable como ella lo encontraba a él. Él reemprendió la marcha beso por beso y centímetro a centímetro, deteniéndose en el borde del corpiño y regresando por el mismo camino hacia su boca. Ella podía sentir sus caderas moviéndose lentamente de arriba abajo, impulsadas por todo su cuerpo que lo único que querían era estar más y más cerca de él.

Helena buscó con sus manos torpes y temblorosas el botón del pantalón y lo encontró abultado por el miembro sobresaliente. Retrocedió un momento sin saber qué hacer o qué era lo que él querría que ocurriese a continuación. Él le sostuvo las manos y la llevó lentamente hacia el ojal para que lo desabrochara. Ella obedeció con ansias e intentó quitarle los pantalones, pero inmediatamente sintió su risa en su garganta entre besos cortados y se detuvo. Él repitió el gesto y la volvió a encaminar, esta vez dirigiéndola hacia el interior de sus pantalones. Allí lo sintió por primera vez, duro, erecto. Jadeó al contacto y él la calló con su lengua, embriagándola. Él la siguió guiando, ayudándola a que recorriera todo su pene de arriba a abajo. Siempre lentamente, hasta que ella se acostumbró y quiso apresurar la marcha. Sin embargo, él no la dejó.

-No tan rápido- dijo y la tomó entre sus brazos y la puso sobre su regazo al tiempo en que desataba su corpiño con una sola mano y dejaba que los senos le cayeran redondos y perfectos. Él la estrechó y se concentró en su busto que se aglomeraba contra su pecho, la irguió con ambas manos y en un mar de silencio comenzó a acariciarlos con los labios. Primero, dejando pequeñas marcas de saliva en su piel pálida y rosácea. Después, y sin despegar los ojos de los suyos, se llevó el primer pezón a la boca y ella comenzó a respirar con dificultad. Podía sentir su lengua juguetear con su piel, apretar, succionar y hasta mordisquear de vez en cuando. Helena se aferraba a su espalda con las uñas, clavándolas a medida que la presión aumentaba en su pecho izquierdo.

Cuando solo se escuchaban sus jadeos y sintió la presión en el segundo pecho se dio cuenta de lo húmeda que tenía la entrepierna y que una de las manos del hombre le acariciaba el abdomen de arriba abajo, buscando lentamente la aprobación para pasar entre la tela del pantalón y la ropa interior. Ella no puso reproche, sino que lo guio a través del vientre hasta el vello púbico, que él acarició dirigiéndose hasta los labios. Ella soltó un pequeño gemido cuando lo sintió adentrarse poco a poco con los dedos índice y medio, pero se mantuvo callada mientras él se movía en contra de las paredes. Asimismo, comenzó a

3

acompañarlo con el movimiento de sus caderas, tratando de acoplarse a él y a la manera en que la acariciaba por dentro. Gimió una vez más cuando él se adentró un poco más, ahora acompañado del dedo anular. Pero él se negó a dejarla acabar justo allí.

-Ya va...- murmuró ella sin saber por qué.

-¿Quieres que pare?- preguntó con malicia.

-No... no es eso- respondió confundida, pero él se apresuró a callarla con la lengua sobre la suya. Ella se deshizo en el beso y lo dejó que deslizara tanto el pantalón como la ropa interior hasta sus tobillos.

-¿Sigo?- volvió a preguntar y ella masculló algo inentendible. Él la volvió a tomar por la vagina y la penetró antes de volver a preguntar -¿Sigo?

-¡Sí!- gritó ella y él la soltó, recorriéndole el cuerpo completo a besos hasta llegar entre sus piernas. La besó entre los labios y la acarició con la lengua mientras Helena se aferraba a su cabello. Él la saboreó con gusto y comenzó a succionarla y besarla lentamente.

-¿Continúo?- insistió y ella, desesperada y al borde del deseo asintió con la cabeza —Helena...- dijo con una voz que la embriagaba tanto como sus besos -¿Continúo?- y sin esperar respuesta la volvió a lamer entre los labios.

-¡Por favor!- rogó ella y arqueó la espalda cuando sintió que su lengua le llegaba al clítoris.

Él la sintió temblar y le acarició el abdomen hasta llegar a los pechos. Cuando se dio cuenta de que ya era completamente suya, recorrió la línea que había formado con sus manos y la recorrió con su boca hasta quedarse en su cuello y el lóbulo de su oreja izquierda. Ella seguía en shock y no podía dejar de temblar cuando él volvió a preguntar.

-¿Sigo?- y ella dejó escapar un murmullo que él interpretó como un "sí". Se dejó caer sobre ella con delicadeza y Helena pudo sentir cómo el miembro se le deslizaba entre las piernas mojadas. Era grueso y largo, y podía sentir la punta. Lo tomó por las nalgas mientras él se abría paso entre sus labios y se adentraba en ella una primera vez, lentamente. Retrocedió y volvió a entrar con más velocidad. Ella se quedó sin aliento cuando lo hizo una tercera vez y se desvaneció cuando lo hizo una cuarta.

***

Helena despertó temblando y completamente mojada dentro de una habitación iluminada a medias por un pequeño ventanal. Tenía el cabello rubio y largo bañado en sudor y sus ojos azules trataban de adaptarse a la luz de la habitación. Sin poder respirar y sin haber terminado, recorrió las sábanas de una cama vacía e intentó concentrarse en el sueño que había tenido. Pero mientras los minutos pasaban más distante se le hacía el recuerdo. Quiso volver a dormir, todavía el despertador no había sonado, pero no logró conciliar el sueño. En cambio, se quedó debajo del edredón tratando de ver a Martín en la imagen del desconocido. Tenía que ser él, no podía ser nadie más. Tomó el teléfono de la mesita de noche y fue directo a la carpeta en la que todavía guardaba las fotos que se habían tomado juntos. Estaba bien escondida, no quería que Lilly se enterara que de vez en cuando todavía pensaba en él como más que un amigo. Observó la primera foto, Martín se veía sonriente como siempre, con el cabello castaño alborotado y la barba que le disimulaba la edad. A veces se preguntaba si había hecho lo correcto al terminar con él y otras estaba tan segura que ignoraba sus llamadas perdidas en el teléfono.

De lo que sí estaba segura era de que el extraño que se estaba haciendo pasar por Martín tenía un aire de familiaridad y que no era normal que estuviese soñando con desconocidos, o por lo menos no de esa manera. Se hundió en la textura de la cama y alcanzó una almohada solitaria que en sus tiempos había sido de Martín. "¿Por qué tienes que ser un idiota?" preguntó en voz alta y abrazó a su compañera. "Tenías que ser un maldito idiota" murmuró en contra de la tela y suspiró. Perdido entre las cobijas, el celular comenzó a vibrar y a chillar impetuosamente, y Helena se apresuró a acallar la alarma. Era hora de levantarse.

Helena se incorporó sobre la cama todavía excitada, observó el amplio espacio, el ventanal que quedaba justo en frente de su cama y cómo las cortinas de colores evitaban que la luz solar se adentrase indomable. Tomó el teléfono entre sus manos y lo dejó en la mesita de noche a un lado de la cama. Se levantó y metió los pies dentro de las pantuflas antes de tocar el frío piso de madera. Comenzó estirando el cuerpo, tratando de distraer la mente de aquellos pensamientos tan incómodos, el espacio era amplio y el único mueble además de la cama, la mesita y el armario, era un escritorio blanco a un lado de las ventanas. La mujer saludó a la plantita que descansaba a un extremo de éste y ordenó el desastre que había dejado la noche anterior antes de meterse al baño que se conectaba a la habitación. Una vez en la ducha, intentó revisar mentalmente las tareas del día, pero no avanzaba de las dos primeras con el vívido recuerdo de esa noche distrayéndola constantemente. Pensaba en sus besos, en sus manos, en la manera en que la había tocado y mientras más lo hacía, más se daba cuenta de que era imposible que fuese Martín. Terminó de enjabonarse el cuerpo y mientras retiraba las burbujas de jabón, revivía las caricias que había sentido durante el sueño. Era demasiado real para ser verdad y no se explicaba cómo le estaba sucediendo a ella lo que se suponía que ayudaba a solucionar.

Se secó el cuerpo minuciosamente y tomó lo primero que encontró en el armario. Una vez lista se miró al espejo empotrado en una de las puertecillas y se dio cuenta de que estaba utilizando exactamente lo que en el sueño. Se quedó hipnotizada mientras flashes de imágenes se le venían a la cabeza. Primero fueron sus manos sobre su trasero, luego sobre sus senos y de último tuvo que sacudirse el recuerdo de su cabeza entre sus piernas. Se le hacía tarde y no podía quedarse atascada en algo que realmente nunca había ocurrido. Miró el reloj de la pared, ese que su madre le había regalado cuando se mudó sola por primera vez. O se preparaba algo en diez minutos o comía algo en el camino. Se decidió por la segunda mientras sopesaba la idea de si llamar o no a Madame, seguro le diría que no debía alarmarse, pero las únicas veces que había sentido algo por el estilo era durante las sesiones de liberación cuando podía sentir todo lo que su cliente sentía. Bajó las escaleras con el teléfono en la mano y cuando llegó a planta baja aminoró el paso para poder utilizar la pantalla del móvil y marcar el contacto.

Cuando el aparato comenzó a repicar se dio cuenta de que tal vez no era una buena idea tener esa conversación en el medio de la calle, pero ya era demasiado tarde y cuando Madame viese la llamada entrante no descansaría hasta saber lo que fuese que estuviese pasando con ella a esas horas de la mañana. Su única salvación era que la mujer estuviese con algún cliente, demasiado "ocupada" como para responderle o devolverle la llamada. Sostuvo el teléfono a centímetros de su rostro, expectante, y cuando escuchó el cuarto repique y antes de cantar victoria, escuchó la voz chillona perforar el audífono del auricular. El móvil le rebotó de una mano a otra mientras sorteaba transeúntes desafortunados y finalmente fue a parar a su mano derecha, junto a su oído. Soltó una maldición inaudible que solo una mujer mayor que cruzaba en la otra dirección pudo percibir y respondió tan atolondrada como siempre.

-¿Sí? ¿Hola?- dijo con una bola formándosele en la boca del estómago ¿Por qué se sentía tan nerviosa? ¡Era como hablar con su mamá!... Solo que con un público… considerable.

-¡Mi amor! ¿Cómo estás? Me tienes olvidada- dijo con su acento caribeño y aquel arrastre de las eses que tanto volvían locos a los hombres. La mujer era un poco mayor que su madre y tenía la piel tostada por el sol y unos ojos almendrados que Helena siempre había considerado bonitos.

-Madame… yo…- sorteó a una mujer con dos niños pequeños y cruzó en una esquina ¿Por qué de pronto la calle estaba tan llena de gente? —Necesitaba hacerle una pregunta...- se mordió el labio inferior y sondeó la zona, pero había demasiada gente y quería evitar las miradas incómodas de las mujeres y lascivas de los hombres —Yo... ¿Podría llamarla después y hablarlo con más tranquilidad?

-¿Después?- la voz retumbó desde el teléfono hasta a su oído y estuvo segura de que en la siguiente cuadra también la escucharon -¿Me llamas a las siete de la mañana para decirme que me llamas después? ¡Bella! Más te vale que dejes la vergüenza porque sé que algo ocurre.

-Madame...- replicó como una niña que le contesta a su madre y se llevó la otra mano al parlante —Es personal...

-¡Más te vale que sea personal! Si me llamas por algún cliente a estas horas yo misma te alinearé los chacras- Un paseador de perros la observó cuidadosamente y ella se puso roja de pies a cabeza sin poder evitarlo.

-Está bien- suspiró y localizó el lugar más apartado de la calle. Lo encontró debajo de la cornisa de un banco y junto a lo que parecía ser un viejo colchón de algún vagabundo. Se estrechó en contra del edificio y trató de pasar desapercibida —Tal vez no sea nada, pero anoche...- suspiró -... tuve un sueño.

-¿Ok?

-Era un sueño...- escaneó la calle y se decidió a hablar -... sexual.

-Queridaaaa- la voz le perforó el tímpano y un hombre se espabiló entre las mantas que cubrían el colchón. Helena dio un brinco con el corazón en la boca y comenzó a alejarse lo más pronto posible -¿Quién es el afortunado? Porque el último ni siquiera una siesta te provocaba- La mujer pudo sentir como el flujo sanguíneo se le acumulaba en las mejillas —¡Así que mi querida Helena está teniendo sueños húmedos!- y la risa le retumbó en la garganta.

-¡Madame! No la estoy llamando para darle la buena noticia, no soy una niña- chilló avergonzada. Se imaginó a Madame escandalosa como era ella, haciendo un alboroto desde la cocina de su casa con la bata de dormir de siempre que apenas le cubría el cuerpo. Había hombres que decían que podía romper melones con sus muslos.

-Sé que no- replicó entre risas —Pero entre tú y yo, tus métodos "curativos" son un poco puritanos…

-¡Madame! Que no me acueste con mis clientes no me hace una puritana- trató de espetarle, pero tarde se dio cuenta de que era ella quien hacía el escándalo entre las dos —No es por eso que la llamo- sentenció y trató de recuperar la compostura —No he conocido a nadie, no sé con quién soñé.

-Oh…- Helena se detuvo en su lugar, el hecho de que Madame se quedase sin palabras era algo sin precedentes —Tal vez solo estabas recreando alguna… película.

-No, de verdad que no tengo la menor idea de dónde lo he sacado.

-No te afanes, bella, es muy probable que estuvieses solo… tratando de liberar tensión.

-Sí, debe ser eso- aceptó rápidamente.

-Si tienes suerte esta noche vuelve a ocurrir…- y la misma Madame de antes regresó con una energética risotada. Helena fingió una sonrisa, aunque sabía que la mujer no la podía ver, y volvió a coincidir con ella.

***

El instituto en el que Helena daba clases era un centro cultural enorme que en su momento había sido la casa de algún terrateniente. Todavía conservaba los pisos de caoba y todas las habitaciones tenían métodos de iluminación natural que llenaba los salones de luz en cuanto el sol salía. El lugar donde ella impartía sus lecciones daba a uno de los jardines más bonitos de la propiedad y si sus alumnas hacían silencio entonces podían escuchar el fluir del agua de una de las muchas fuentes que habían desperdigadas por todos lados. Además de ella, el instituto constaba con otros cinco profesores, pero Helena era la más joven y la única que tenía un despacho aparte para atender clientes más "problemáticos". Había conseguido ese trato después de ayudar a la directora del lugar proveyéndola a ella los mismos servicios que le proveía a los demás. Los demás profesores utilizaban un área común que quedaba en el área este de la propiedad y que se comunicaba con un balneario privado.

Su primera clase de yoga estaba llena de señoras mayores que iban en busca de la juventud perdida. Trataban de recuperar lo que años de sedentarismo le habían quitado. Le gustaba esa clase, las mujeres eran amables y solían quedarse unos veinte minutos más para hablar con ella como si fuesen viejas amigas. En la fila de enfrente siempre encontraba a Mari, una mujer de 59 años de edad que durante las primeras clases se iba con las perlas que el esposo le había regalado, y con un pantalón de vestir que se veía demasiado incómodo incluso para las posiciones de principiantes. Con el tiempo, la mujer aprendió a vestirse para las clases de yoga y a dejar las perlas en el cajón del tocador.

Helena nunca les preguntaba cuál era la razón para asistir a sus clases, pero aprendió con el tiempo, y debido a las charlas, que las principales causas eran el amor o la muerte. En el caso del amor, querían conservar el que tenían u obtener uno nuevo. En el caso de la muerte, era la suya o la de su esposo. Cualquiera de las cuatro razones, estaba feliz de que se diesen una oportunidad como esa y de que estuviesen avanzando a un paso tan optimista.

Escuchó el tin de una campana y terminó de botar todo el aire que tenía en los pulmones. Sus estudiantes la imitaron y se prepararon para repetir después de ella el característico "namaste" que indicaba que la sesión había terminado. Normalmente, echaba un vistazo a la sala antes de volver a abrir la boca, pero necesitaba aferrarse a la calma que le traían sus clases. Si no lo hacían los pensamientos conflictivos que la venían carcomiendo desde que finalizó la llamada con Madame, la empezarían a carcomer una vez más. Cuando abrió los ojos, la clase entera se le había quedado mirando. Helena disimuló lo mejor que pudo y solo les regaló una sonrisa antes de levantarse.

-Muy bien, clase. Recuerden que la semana que viene será el último día del trimestre y tenemos que comenzar a planificar el siguiente- Avanzó hasta su bolso en busca de una toalla y rebuscó bruscamente entre sus cosas —Quienes no puedan continuar en el mismo horario háganmelo saber y fácilmente se pueden anexar a alguno de los otros cursos en la semana- Tomó la toalla y se la llevó al cuello. Escaneó el lugar en busca de movimiento, pero nadie respondió a su advertencia. En cambio, comenzaron a reunirse en pequeños grupos mientras iban recogiendo sus alfombrillas y conversando entre ellas. Helena no le dio mucha importancia y se fue directamente al área de recepción. Amanda le diría si tenía algún cliente especial. Lo hacía nada más por cortesía, no estaba de humor para escuchar alguna tórrida historia de amor, pero no quería dejar a nadie esperando si la habían ido a buscar por algo tan específico.

Escuchó el rechinar de sus zapatos en contra del reluciente piso de madera que había en recepción. Era un espacio amplio, con tablillas de caoba que pulían seguidamente. La puerta de entrada había sido reemplazada por unas puertas corredizas de cristal que conectaban con dos grandes ventanales que daban al jardín delantero y al camino que llevaba al estacionamiento. En el medio del saloncillo estaba el mostrador principal que hacía juego con el color de la madera, y detrás de él se encontraba la recepcionista.

Amanda, una mujer cinco años mayor que ella y de cabello castaño en rizos hasta los hombros, se giró a verla con una mueca en su rostro y lo supo, había alguien. La mujer solo ponía esa cara cuando el cliente estaba en un estado tan lamentable que no había forma de agendarlo para otro día. Se preparó mentalmente para la imagen, no podía tener prejuicios e ideas preconcebidas. Lo vio sentado en una de las sillas del saloncillo, llevaba un traje caro como los que Martín solía utilizar, pero parecía que se hubiese embutido en él en contra de la voluntad de la prenda. Debía tener entre cuarenta y cincuenta años, porque tenía la característica pancita al final del abdomen. El hombre se levantó y dejó ver una figura encorvada y que parecía indecisa en si avanzar o no hacia ellas. Llevaba, además, una barba desprolija y castaña de más o menos cinco días, que se rascaba con nerviosismo cuando pensaba que nadie estaba mirando. Inmediatamente el hombre le inspiró lástima y ella botó un suspiro tratando de deshacerse de la sensación.

-¿Es él?- preguntó y Amanda respondió con un asentimiento de cabeza. No quería ser descortés, pero tampoco quería hablar en frente del cliente –Tengo media hora antes de la siguiente clase- le concedió Helena y Amanda la miró con un levantamiento de cejas que no supo cómo interpretar ¿Sería una expresión de sorpresa o condescendencia? La ignoró y se dio vuelta para encarar al hombre -¿Cuál es su nombre?- interrogó en un susurró hacia la secretaria y ella respondió de igual modo.

-Miguel Cuevas- Helena puso su mejor sonrisa y trató de ser discreta.

-¿Señor Cuevas?- él se acercó a ellas sin mirar realmente a ninguna de las dos. Estaba más concentrado en mirar a sus alrededores, como si tuviese vergüenza de ser visto allí.

-Sí, sí, soy yo- masculló y se les quedó viendo expectante, pasando sus ojos azules de una a la otra.

-La señorita Helena lo puede atender ahora- explicó Amanda e inmediatamente comenzó a buscar un cuadernito entre sus carpetas y papeles.

-¿A… ahora?- tartamudeó -¿No me puede agendar en otro momento?

-No, es ahora o nunca- bromeó Helena, pero el señor pareció asustarse y retrocedió medio paso disimuladamente -¿Está seguro de que quiere hacer esto?

-¡Sí!- respondió abruptamente y se acercó más a las dos muchachas –Lo que pasa es que… bueno…- se llevó una mano a la nuca y desvió la mirada nerviosamente.

-¿Quién le habló de mis servicios?- interrogó Helena.

-Un amigo, él la recomendó, dijo que gracias a usted pudo superar a su ex de la escuela.

-¿Y qué dijo que yo hacía exactamente?- insistió mientras se le venía a la memoria un hombre de treinta y tantos que llevaba más de diez años enamorado de la misma chica. Lucas se llamaba y había llegado a ella creyendo que ofrecía los mismos servicios que Madame.

-Me… me dijo que era una buena chica y que…- se le atoraron las palabras –Y que utilizaba métodos… especiales para que uno pudiese olvidar a la ex.

-¿Qué… métodos?- la mayoría de los hombres que la visitaban estaban convencidos de que sus servicios eran como los de alguna prostituta con poderes mágicos.

-No me explicó, dijo que tenía que verlo para creerlo- Amanda soltó una risilla disimulada y le entregó a Helena el cuadernito, era su agenda.

-Mis métodos son puramente espirituales- aclaró Helena –Y una vez que acepte verse conmigo hará exactamente lo que yo diga- Miguel asintió enérgicamente con la cabeza -¿Entonces? ¿Empezamos ahora?- el hombre repitió el gesto y Helena se dirigió a Amanda –Agéndalo para ya- y la mujer obedeció.

***

Helena comenzó a proveer sus servicios como "curadora" o "curandera" hacía más de dos años, cuando tenía tan solo veintiún años. Lo había hecho por insistencia de Madame, una mujer robusta que provenía de una de las Antillas Holandesas y que se movía más o menos dentro de su mismo rubro. En un principio no estaba interesada, ni siquiera tenía suficiente fe en sus habilidades, pero necesitaba el dinero con desesperación y Madame le había conseguido un puñado de clientes que estaban dispuestos a pagarle muy bien con tal de que no involucrara tener que acostarse con alguien. Era gente que había ido en busca de Madame en primer lugar, pero no aceptaban sus métodos ya fuese por inclinaciones o por gustos. De esa manera Helena comenzó a costearse la vida, pero pocos en su círculo de amigos sabían a lo que se dedicaba realmente. A Lilly, su mejor amiga, le había dicho que atendía clientes que buscaban conectarse con su espiritualidad. A Martín, en el tiempo en el que todavía eran novios, le había dicho que eran personas con ataduras que necesitaban su ayuda. No obstante, ambas eran verdades a medias.

Helena había aprendido gracias a su madre que a medida que crecemos y nos relacionamos con el mundo vamos creando conexiones de energía que nos vinculan a otros seres humanos. Mientras más íntima es la conexión, más fuerte es el lazo. Uno de los lazos más fuertes es el que se tiene con alguien con quien uno se ha acostado y por lo tanto es uno de los más difíciles de deshacer. Asimismo, Helena había heredado de su madre la habilidad para percibir y cortar conexiones y solo necesitaba la disposición de la persona. No le importaba que no creyeran en todo el discurso sobre la energía, la espiritualidad y los chacras, pero necesitaba que por unos momentos le creyeran a ella.

Miguel se veía desconcertado cuando ella lo hizo pasar a su pequeño despacho, un cuadrado diminuto decorado con atrapasueños, mándalas, y alfombrillas de varios colores. El lugar olía a humedad y solo tenía un escritorio y un sillón en una esquina. Helena le pidió que se quitara los zapatos y se sentara en el suelo junto a ella, se cruzó de piernas de una vez y él la miró confundido, preguntándose si era necesario hacer lo mismo. El hombre, tan embutido en su traje como estaba, no lograba manejarse apropiadamente frente a ella.

-Siéntate lo más cómodo posible- le aconsejó ella —Ahora, dime. ¿Qué es lo que quieres?- él se quedó perplejo.
-Se… se refiere a lo que me gusta- interrogó y ella soltó una risa forzada.
-Te lo pregunto de otra manera ¿A quién no quieres más?-

Miguel tragó hondo y sostuvo las lágrimas en los ojos hasta que estos le quedaron secos.

-Ella...- se le quebró la voz y no pudo hablar más.

-Para que esto funcione necesito que me cuentes, no importa si lloras, la mayoría de las veces es mejor así- él asintió con la cabeza y esperó unos segundos antes de que volviera a hablar.

-Mi esposa... mi ex esposa me pidió el divorcio hace seis meses- Helena pudo ver cómo dos lágrimas gruesas le bajaban a cada lado del rostro. Sintió su desesperación y se le hizo un nudo en el estómago –Ella dijo que ya no me ama, que quiere a alguien más- la sensación se intensificó hasta llegarle a la garganta – Ayer... o antes de ayer, no recuerdo...- balbuceó –dijo que la hice miserable y yo intenté...- no dijo más, pero ella pudo ver la imagen en su cabeza y las lágrimas comenzaron a rodarles por las mejillas en sincronía con las del hombre.

-¿Y crees que estás listo para pasar de página?- él la miró como si le hubiese hecho una pregunta de física cuántica.

-No... No lo sé, pero no me puedo quedar así. No como, no duermo y cuando lo hago sueño con ella. Cada día mi vida es peor- ninguno de los dos lloró, solo se sumieron en un pequeño silencio mientras ella buscaba las palabras correctas.

-Yo te puedo ayudar, pero todo viene con un precio...- al hombre se le iluminaron los ojos.

-Yo pago lo que sea- exclamó con esperanza. Ella lo detuvo con la mano y se tomó su tiempo para responder.

-El precio no es dinero. Yo por supuesto le cobraré por mis servicios, pero esa es la parte fácil. Siempre hay un precio que debe pagar por su cuenta y a usted mismo.

-No entiendo.

-Cuando nos desligamos de alguien con quien tenemos una conexión, en su caso es su esposa, una parte de nosotros queda con la otra persona y viceversa. Ahora... Usted quiere tomarse un atajo, y yo con gusto lo ayudo, pero eso significa que dejará abandonada una parte de usted con ella y no se dará tiempo de sanar ciertas heridas. Con eso podrá vivir tranquilo, pero si alguien más llega y mete el dedo en la llaga puede que haya consecuencias...

-Pero... ¿Pero seguiré con este dolor?- ella negó con la cabeza.

-Será como si ella nunca hubiese pasado- Miguel hizo amago de refutarle algo, pero se arrepintió inmediatamente y apretó los labios en una fina línea -Te advierto que puedes llegar allí por tu propia cuenta, meditando y perdonándola- el hombre lo pensó por unos segundos y luego negó con la cabeza determinado -Está bien, no pasa nada- y le dedicó una sonrisa -Ya que de verdad quieres hacer esto, vamos a empezar.

-¿Qué... qué tengo que hacer?

-Primero voy a necesitar que te pongas en cuatro.

-¿Disculpa?

-Oh... necesito que adoptes la posición del gato.

-¿Eso... eso qué es?- ella lo miró con condescendencia y trató de explicarle.

-Es una posición de yoga- él soltó una risa nerviosa.

-Disculpe, yo pensé...- y dejó que su risa ahogara sus palabras.

-No, Miguel. Es una posición que se utiliza para relajar el cuerpo. Normalmente te diría que utilizaras la posición del loto, pero creo que no va a ser posible- explicó con pena en los ojos.

-¿Cómo lo hago?

-Primero necesito que te quites el saco- dijo y él obedeció –Ahora te pones sobre tus rodillas y sobre las palmas de tu manos- comenzó a explicar y luego lo fue guiando con sus propias manos hasta que él estuvo en la posición adecuada –Ahora inhala por diez segundo y exhala por diez más- la mujer se levantó y lo observó repetir el movimiento, tomó un fósforo y prendió con él un incienso –No te detengas- fue hasta su rostro y le acarició los ojos para que los cerrara. Él volvió a obedecer y ella se sentó en frente de él con piernas cruzadas. Memorizó su rostro y comenzó a inspirar y espirar cada diez segundos.

Sintió como el tiempo se paralizaba y en sus párpados lo vio a él. Lo encontró sobre un prado seco y muerto, lo vio raquítico, pobre y triste. Siempre iba allí cuando hacía ese tipo de favores y las visiones siempre eran parecidas. No obstante, Miguel era el peor hasta ahora. Caminó hasta él, buscó sus manos y las vio atravesadas con una especie de agujas. Se las retiró poco a poco, se las sacó de las muñecas, de los brazos y antebrazos, de las rodillas, de los tobillos y de las piernas. Encontró la última en el corazón y supo que ese era el problema. Tomó la aguja con ambas manos y la retiró. Cuando estuvo fuera se dio cuenta de que estaba llena de sangre hasta la mitad del antebrazo. Nunca se había ensuciado y la visión la espantó al punto en que la hizo despertarse abruptamente.

Miguel seguía en cuatro y respirando suavemente. Se preguntó si había visto lo mismo que ella, si recordaría que estuvieron alguna vez allí.

2. TALENTO ESCONDIDO

Helena era una adolescente la primera vez que sus habilidades se manifestaron. A Lilly le habían roto el corazón y mientras la muchacha le explicaba lo que había sucedido, Helena se puso a llorar. Fue como si le hubiesen roto el corazón a ella también. Desde ese entonces las dos se habían convertido en mejores amigas. Sin embargo, nunca le contó sobre lo que podía hacer, ni siquiera cuando percibía sus emociones y la sentía deprimida o excitada. Esa era la parte más incómoda de la relación. Con el tiempo Helena había aprendido a ignorarlo y se había hecho una experta, o eso creía.

Lilly era una muchacha alegre con la que todos los hombres querían acostarse. Era pequeña y delicada, y usaba el cabello castaño lacio hasta un poco más abajo de las orejas. Sin embargo, su vida amorosa no era tan tórrida como aparentaba. Siempre se enamoraba de quien no debía y con frecuencia decía que la habían maldecido al nacer. Ella y Helena eran como dos caras opuestas de la misma moneda, distintas pero inseparables. Todo el mundo lo decía, mientras Helena era alta y tenía el cabello rubio hasta la cintura, Lilly era petiza y de cabello castaño oscuro y corto. Mientras Helena era atlética, explosiva y de carácter fuerte, Lilly era de estar entre libros y de mantenerse en silencio entre extraños. Los hombres estaban locos por esa timidez y aquella sonrisa pícara que la volvía tan desesperantemente irresistible.

La puerta de su pequeño despacho se deslizó hacia adentro y Helena abrió los ojos para encontrarse con su amiga. Lilly la miró expectante hasta que la otra terminó de respirar pesadamente. Ya varias veces la había encontrado así, en la posición del loto, le había explicado Helena.

-¿Puedo pasar?
-Sí, ya había terminado- contestó Helena.
-¿Tuviste un cliente?- la mujer asintió con la cabeza -No

puedo creer que haya tanta gente en busca de todas esas cosas zen- Helena levantó una ceja -Me refiero... No es que la gente sea muy espiritual hoy en día.

-Para que veas- respondió y se acomodó dos mechones rubios detrás de las orejas.

-¿Era el hombre que vi hablando con Amanda afuera?

-¿Hay un hombre hablando con Amanda?- interrogó sorprendida.

-Sí, alto y moreno. Un poco mayor para ella pero...- se encogió de hombros con una sonrisa socarrona.

-¿...Todo se arregla en la cama?- Lilly soltó una carcajada.

-Sí, su nombre es Miguel. Lo atendí hace poco- aclaró.

-Tiene una argolla de matrimonio en la mano izquierda ¿Si te fijaste no?- a Helena no le sorprendió, después de todo había llegado allí apegado a una mujer que no lo amaba.

-Sí, me di cuenta ¿Por qué me lo preguntas?- Lilly había estado con hombres casados antes, era parte de su complejo de "todos los hombres buenos no están disponibles".

-Pues tal vez tú supieras si de verdad está casado o no...- Helena experimentó inmediatamente como el cuerpo se le calentaba y humedecía. A Lilly le gustaba el hombre, lo podía sentir entre las piernas.

-Está divorciado, tienes permiso para encamarte con él- dijo medio en broma. Respiró profundamente y esperó a que la sensación se calmara.

-¿Sí?- Lilly soltó una exclamación de emoción y luego una risita.

Miguel no estaba cuando las dos mujeres salieron de la oficinita, solo Amanda. Lilly hizo un par de preguntas indiscretas que a Helena no le pasaron desapercibida y que la convencieron de que tal vez su amiga estuviese más interesada de lo que quería admitir. Ignoró el pensamiento y se concentró en la conversación hasta que el nombre de Martín salió como si nada. Lilly solía hacer eso, según ella ellos deberían seguir juntos. A Helena le hubiese gustado que las cosas fuesen tan simples, pero no. Cuando ella y

Martín comenzaron a salir, la primera no estaba tan convencida de que fuese una buena idea. Martín era controlador y obsesivo, mentía con frecuencia y Helena no sabía cómo fingir que no se daba cuenta. Ella estaba segura de que mentía por buenas razones, pero al final del día, no importaban las razones, era como vivir con un extraño.

-¿Ya hablaste con él?- interrogó Lilly.

-¿De qué hay que hablar? Martín y yo terminamos en buenos términos.

-Siempre me dices lo mismo ¿No es que lo amabas?

-Eso no significa que quiera seguir en una relación con él.

-¿Sabes lo que yo daría por un novio así?- interrumpió Amanda.

-Exacto, ustedes lo tenían todo y mira cómo lo botaste.

-Lilly, ya no quiero hablar de eso- la reprendió Helena -¿Por qué no confías en mí? Tuve muy buenos motivos para terminar la relación.

-¿Te puso los cuernos? ¿Es eso?

-No, Amanda. Martín no me fue infiel.

-Todavía sigue soltero, el pobre- intervino Lilly.

-¿Lo tenía pequeño, entonces?

-¡Amanda!- bramó Helena.

-¡Lo sabía!- chilló la recepcionista mientras un par de señoras mayores cruzaban el recibidor.

-Por el amor de Dios. Martín no me fue infiel y está suficientemente dotado.

-¿Ves? No dijo bien dotado, dijo suficiente- comentó Amanda y Lilly soltó una risotada.

-¿Se podrían callar?- interrogó Helena roja de vergüenza mientras las mismas dos señoras las miraban de refilón.

-Dinos la verdad entonces- demandó Lilly y Helena dejó escapar un suspiro.

-¡Ya va!- interrumpió Amanda -¿Tú te estás acostando con alguien más no es así?- la pregunta la tomó por sorpresa y no supo qué decir o cómo reaccionar.

-¿Le pusiste los cuernos a Martín?

-¿Qué? ¡No!

-La hubieses visto como entró esta mañana- intentó decir la mujer mientras se deshacía en risas —Roja y sofocada- A Helena se le vino a la mente el sueño de esa mañana y su conversación con Madame. Técnicamente se había acostado con alguien más solo que no sabía cómo ni por qué.

-No dejé a Martín por ningún tipo- dijo al tiempo en que se mordía el labio inferior.

-¡Estás mintiendo!- exclamó Lilly sorprendida -¿De verdad engañaste a Martín?

-No, Lilly, no- le aseguró ella. Las preguntas ya se habían hecho demasiado incómodas y no sabía cómo repararlo -A ver, Martín y yo terminamos porque peleábamos más de lo que nos acostábamos...- comenzó en un susurro -él hacia cosas que ya no soportaba y yo hacía cosas que él ya no aguantaba. ¿Por qué deberíamos seguir en las mismas?- lo que había dicho era en parte verdad, pero no sabía si sería suficiente para que las dos mujeres la dejaran en paz.

-Eso pasa, querida...- intervino una mujer de unos setenta años que llevaba un bastón -...Porque no sabe compensar en la cama lo que le falta fuera de ella...- las tres mujeres se miraron atónitas -... Ahora, querida ¿podrías cobrarme que no tengo todo el día?- Helena sintió como la sangre le subía apresuradamente hacia el pecho y después hasta el rostro. Al mismo tiempo podía escuchar la risa atorada en la garganta de su amiga. La rubia pestañeó un par de veces sin saber qué responder, pero la señora no dijo otra palabra hasta que se despidió de las tres con el cambio en mano.

***

Cuando Helena tenía un poco más de seis años, un hombre se enamoró de su mamá. Ella lo recordaba como una sombra entre las plantas del jardín, un extraño que de la nada se había metido en sus vidas a la fuerza. Al principio se lo encontraba en el parque dando de comer a las palomas, en la calle cuando iban de camino a la panadería o a la carnicería. Su madre siempre era educada y lo saludaba, cuando se sentía de buen humor hasta aceptaba sus halagos y los temas de conversación. Después, al agarrar confianza, se lo empezó a encontrar en el vecindario, llevaba ropa deportiva pero nunca estaba trotando ni haciendo ejercicio. Allí fue cuando su mamá comenzó a asustarse, Helena se podía dar cuenta porque por las noches la mujer revisaba las ventanas, los seguros, las alarmas. Era como si ya no fuese su mamá, estaba demasiado intranquila para ser la mujer divertida y despreocupada de siempre. Allí fue cuando comenzaron las restricciones, Helena no podía salir sola a la calle, ni siquiera a jugar con las vecinas como solía hacer con regularidad. Tampoco podía irse caminando desde el colegio, debía esperar a que su madre llegara una hora más tarde para que ambas regresaran juntas a la casa. Se habían acabado las salidas a las plazas, a los parques, a cualquier lado que no fuese estrictamente necesario. Su vida era ahora una cárcel y no entendía por qué. Por las noches escuchaba a su madre llorar y sabía que algo andaba mal pero no qué.

Una semana antes de que pasara el incidente, su mamá se lo había tratado de explicar. Le había dicho que se mudarían y que si veía al "señor de la gorra amarilla" debía buscar al adulto más cercano. El miércoles de la semana siguiente nadie la fue a recoger a la escuela, Helena no se movió de su lugar sin importar que hubiesen pasado horas. Cuando un policía se le acercó por el pasillo del colegio, pudo sentir el corazón en la garganta. Era como si su caminar parsimonioso le diera mala espina. Lo vio acercarse en cámara lenta, éste se arrodillo para quedar a su altura y le dijo que fuese con él, que su mamá estaba en el hospital. El extraño la había forzado a entrar en un vehículo desconocido, pero su mamá se había lanzado en contra del tráfico en cuanto tuvo la primera oportunidad. A partir de ese día ninguna de las dos había comentado lo sucedido. Para Clarissa era mejor que el incidente quedase enterrado y que Helena no se enterase de lo que había ocurrido con lujo de detalles. No obstante, Madame pensaba distinto.

Madame y su madre siempre habían sido inseparables y siempre habían trabajado en ramos muy parecidos. Madame sanaba corazones rotos (con métodos más extremos que otros), te leía las cartas, te ayudaba a bajar de peso, a subir tu autoestima. Tenía métodos gitanos y otros más propios, pero siempre se orientaba hacia el mismo lugar. Era jocosa, socarrona, odiosa a veces, pero la madre de Helena la adoraba. Después del incidente Madame había sido su apoyo. Clarissa, por otra parte, era todo lo contrario. Era dulce, alegre y siempre amable. Tenía el cabello rubio como su hija pero era más petiza y con los ojos castaños. Sus clientes iban con ella por consejos naturistas y espirituales, buscaban a alguien que los ayudara a sanar las heridas, los corazones rotos y alguno que otro problema de salud. Muy pocas veces Clarissa había ayudado a alguien a reponerse de un anclaje emocional, y menos desde el incidente del hombre de la gorra amarilla.

No fue difícil olvidarse de él, la imagen del hombre era borrosa y ella era todavía muy pequeña. No fue hasta que a Lilly le rompieron el corazón que Helena se dio cuenta de que su mamá todavía tenía pesadillas. Era como si le hubiesen abierto los ojos de repente y ahora estaba expuesta a todas las cosas que en realidad la gente no decía, lo que se guardaban, las mentiras. Y mientras más cercana estuviese a la persona más podía sentirlo. Era una verdadera tortura y le costaba disimularlo. Por momentos pensaba que se estaba volviendo loca así que se lo guardaba para sí misma y no salía de su habitación en horas. Era más fácil estar encerrada estudiando y viendo películas que salir al mundo y enfrentar a la gente. A la semana del encierro sintió los pasos de su madre por el pasillo del apartamento y luego se hizo el silencioso. Helena sabía que estaba al otro lado de la puerta y que en cualquier momento tocaría. Pasó casi un minuto antes de que los nudillos chocaran contra la madera. La puerta se abrió inmediatamente y pudo ver la figura esbelta de Clarissa al otro lado del umbral.

-Lena, Lilly está afuera ¿no vas a ir?- la pregunta la tomó por sorpresa, sabía que no era cierto.

-Lilly no está afuera- respondió confundida.

-Hoy es miércoles, siempre quedas con ella los miércoles.

-Ammm- balbuceo en respuesta -no, hoy no quedamos, tengo tarea- dijo y se dio la vuelta en el escritorio.

-¿No me vas a decir qué te pasa? Lena- la pregunta la irritó. Sentía que era una hipocresía de su parte pedirle que fuese honesta cuando ella llevaba años mintiéndole.

-¿Qué me pasa?- se hizo la confundida -No me pasa nada, mamá.

-Ayer eran las 11 de la noche y estabas llorando- era cierto, se había quedado dormida y había repetido una de las pesadillas de su mamá.

-Tuve una pesadilla.

-Lena...

-Clarissa...

-¿Estás molesta conmigo?

-Bin... Go...- suspiró y dejó en la mesa el bolígrafo que tenía en la mano -Ahora quisiera que me dejaras sola.

-Ya va. Si estás molesta conmigo me dices. No tienes porqué encerrarte en tu habitación y armar este drama. ¿Qué es lo que te pasa?- el disgusto le subió por la garganta y supo que era el de ella y el suyo combinado.

-¿Para qué? Hay un millón de cosas que tú no me dices ¿Por qué te tengo que contar yo mis cosas?- Clarissa la miró perpleja.

-¿De qué me estás hablando? ¿Qué crees que te estoy ocultando?

-No eres solo tú, todo el mundo es así. Te dicen una cosa y de verdad piensan en otra o solo lo hacen para hacerte sentir mal a ti, una cosa es peor que la otra- Le espetó con un nudo en la garganta.

-Lena ¿Qué no me estás contando? ¿Qué fue lo que pasó?-

Clarissa la miraba horrorizada, era como si ya lo supiera.

-Mamá…- intentó decirle, pero las palabras se le atoraban en la garganta y el dolor que se le venía acumulando en todos esos días le llegó a los ojos.

-¡Oh por Dios, Lena!- exclamó y la abrazó mientras las lágrimas se le salían a borbotones.

Su madre la dejó llorar en silencio. No necesitaba que le dijera, sabía lo que estaba ocurriendo. Cuando ella era solo un poco mayor se había sentido exactamente igual, era como si el mundo se les viniese encima. Su don podía ser algo muy bonito cuando lo sabían manejar, pero sino se hacía insoportable. Clarissa esperaba que tuviesen más tiempo, por lo menos para contarle cómo había sido para ella descubrirse abierta al mundo. No obstante, lo entendía. Helena siempre había sido una niña inteligente y se desarrollaba mejor que los demás en todos los ámbitos. Muchas noches había deseado que fuese diferente, que hubiese salido al padre, pero todos los días se daba cuenta de lo distinta que era de él y lo muy parecida que era a ella. Madame se lo decía todo el tiempo. Asimismo, le había advertido que el día llegaría y que ya no podría seguir escondiendo los fantasmas debajo de la alfombra. Y ese día estaba frente a ella, tocando la puerta y reclamándole una bienvenida. Así que mientras sostenía a su hija, quebrantada como estaba, reflexionó en la mejor manera de decírselo. Pensó en mil maneras de comenzar, en el tono que utilizaría o qué sería lo más importante que debía mencionar. Helena tenía casi dieciséis años, era despierta y suspicaz, ya Clarissa no tenía que estar tapando las verdades con banditas.

***

Lilly sabía en qué momento dejar de hablar de Martín, ese en que la conversación era demasiado incómoda incluso para ellas dos. Sin embargo, ese día había hundido el dedo en la llaga y no sabía si esa era la causa del malestar que estaba experimentando en la boca del estómago. Incluso cuando se despidieron y Helena tuvo tiempo para pensarlo y para calmarse durante otra sesión de yoga, la sensación seguía allí. Caminó del trabajo a su casa esperando que la brisa fresca le devolviera algo de compostura, pero nada mejoraba el ardor, la incomodidad y la angustia. Se sirvió un vaso de agua y dos aspirinas al llegar a su apartamento, se tomó las pastillas y lavó el vaso después de usarlo. Miró de un lado al otro como si estuviese buscando a alguien. No supo a quién, sabía que estaba sola, pero tenía la sensación de que alguien más estaba allí. Caminó dos pasos hacia el sillón de la sala y el flash del prado seco y muerto se le vino encima. Pestañeó un par de veces, pero el rostro de Miguel no se iba. Era como si pudiese verlo allí en su apartamento con ella, junto a las puertas del balcón que comunicaban con la sala, junto al mesón que dividía la cocina de la sala-comedor, en frente de ella. No obstante, la imagen era borrosa y parpadeaba como si fuese una transmisión de mala calidad. Helena pensó que se estaba volviendo loca y un cosquilleo le recorrió la espina dorsal hasta la nuca, provocándole un escalofrío.

Se sintió desvanecer y trató de acercarse a uno de los sillones verde agua de la sala pero fue demasiado tarde y aterrizó sobre la alfombra estampada que adornaba el suelo.

***

Miguel la había visto sin querer esa mañana. Ella le había dicho "no mires", pero de todas maneras lo hizo y ahora pensaba en ella cada vez que veía a una mujer en ropa interior. Paola no tenía las curvas de las modelos y tampoco la piel tersa y suave como en los comerciales, pero sin importar qué no podía dejar de pensar en ella. Revivía el momento en que sus ojos se habían posado en la curva que separa su espalda de su trasero cada vez que tenía tiempo libre. Lo hacía entre clases, antes de dormir y cuando iba caminando a la facultad. Había visto a otras mujeres en su vida, desnudas incluso, pero ninguna le gustaba tanto y lo metía en aprietos tan incómodos como Paola.

Ese fin de semana la vería, era todo lo que había esperado durante la semana, y esperaba quedarse a solas con ella en su apartamento mientras veían una película. Tal vez así pudiese volver a ver la curva de la espalda y los omóplatos, tal vez hasta su corpiño. Sabía que utilizaba con frecuencia uno blanco con florecitas rojas, o tal vez eran cerezas, y fantaseaba con él con la misma frecuencia con la que fantaseaba con su trasero. Paola no era una mujer de talla voluptuosa, en realidad le faltaba un poco de aquí y allá, pero le encantaba a unos extremos que no lo podría explicar. La primera vez que se habían quedado a solas, ella lo besó sin ningún decoro, parecía que tuviese hambre atrasada y eso lo volvía loco. Jugaba con su lengua, le acariciaba el cabello, la espalda, pero nunca se pasaba de lo políticamente correcto. Él quería tocarla en todas partes, pero tenía miedo de ofenderla, de hacer un mal movimiento y que ella no lo quisiese ver más nunca. Por eso estaba siendo paciente, y cuando Lucas le preguntaba si finalmente habían "estado", él le respondía que no, que no habían tenido la oportunidad. Pero esa tarde tal vez la tuvieran, tal vez la pudiese tocar al final de la espalda e ir bajando poco a poco hasta llegar a sus nalgas.

Paola llegó a las tres en punto, llevaba puesto un vestido de corazones que nunca antes le había visto. Él no era muy detallista, pero si ella hubiese utilizado una prenda como esa, que en ciertas partes era medio transparente y revelador, por supuesto que lo hubiese recordado. Se veía más bonita que de costumbre y dejaba a su paso un olor a orquídeas que lo mareaba de deseo. Paola era tres años más joven que él, estaba apenas empezando una carrera en la universidad, y llevaba con frecuencia una cola de caballo alta que recogía toda la masa de cabello castaño claro que tenía. Sus ojos eran marrones, pero cuando les daba la luz le recordaban al color de la miel. Ella se sentó frente a la tele y comenzó a escoger una película que él deseaba que al final no vieran. No tenían que acostarse, tal vez solo podían besarse y tener sexo con ropa. O tal vez solo besarse. Sí, eso sería suficiente para él si lo besaba como ella solía hacerlo. Se acomodaron ambos en el sillón mientras una película sobre zombis pasaba en la tele. Ella se acercó a él con una sonrisita pícara y se acomodó en su hombro. Miguel la abrazó y comenzó a acariciarle el antebrazo. Era tan suave y dulce que tenía miedo de hacerle daño. Cuando su mano se cansó de ir de arriba a abajo llevó la otra a su rodilla y repitió el mismo movimiento. Podía sentir su piel debajo de las yemas de sus dedos mientras el corazón se le aceleraba y la piel le quemaba por dentro. Ella llevó su mano a la suya y detuvo el movimiento. Miguel, alarmado no siguió insistiendo, tenía miedo de haber hecho algo mal. En cambio, ella la arrastró hasta debajo de su falda y la dejó allí. Podía sentir como temblaba e instintivamente llevo sus labios a los de ella. Le supo dulce, como si hubiese comido algún tipo de caramelo. Ella se aupó sobre él y descansó en su regazo mientras él la tomaba por los glúteos sobre la tela del vestido. Miguel sintió inmediatamente como el miembro se le erguía por el deseo y esperó que ella no se diese cuenta de lo fácil que le resultaba ponerlo en ese estado. Ella llevó sus dedos a su camisa y comenzó a desabotonarla poco a poco. Él no podía creer que estuviese pasando, que ella tuviese tanta hambre como él. Sus labios fueron directo a su cuello mientras sus manos exploraban por debajo del vestido. Fue allí que se dio cuenta de que no llevaba ropa interior y sus ganas incrementaron, provocando que sus besos se volvieran más violentos. Llevó su lengua hasta el final del paladar y ella, que lo había abrazado por el cuello lo soltó para tomarle una de las manos y guiarlo entre sus piernas. Él le acarició el sexo, y hundió índice, anular y medio entre sus labios. Ella le gimió en la boca y él comenzó a moverse frenéticamente en contra de sus paredes y cada vez más profundo. Estaba húmeda y podía sentir el líquido que brotaba de ella. La muchacha siguió suspirando pesadamente entre los besos hasta que finalmente llevó ambas manos a la hebilla de su pantalón. Él estaba seguro de que lo había sentido, duro y erecto en contra de la tela. Le desabrochó los tres botones y él se levantó mientras la sostenía por las nalgas, y ella terminaba de sacarle los pantalones y la ropa interior. Paola le tomó el miembro entre las manos y comenzó a acariciarlo, él trató de concentrarse en sus manos y en la manera experta en que lo tocaban. Comenzó a jadear de placer y a mover sus caderas en contra del movimiento que ella hacía. Paola le rio en los labios, sabía que tenía una ventaja sobre él. A Miguel no le importó, pero en cuanto ella comenzó a moverse más rápido tuvo que detenerla, no quería acabar en sus manos. La tomó por la espalda y la reclinó en contra del sillón, apoyó todo su peso sobre los brazos y rodillas y empezó a deslizarle el vestido hasta dejarla sin nada, solo el corpiño de cerezas rojas con el que tanto había fantaseado. La vio desnuda, miró sus pechos redondos y pequeños, sus caderas delineadas y sus glúteos. Estaba loco por ella. Paola le abrió las piernas lentamente y el gesto solo hizo que la deseara más, pensaba que iba a explotar en cualquier momento. La recorrió con sus labios, le besó el cuello, los hombros, los pechos, el ombligo hasta llegar a su pubis. Se quedó allí por unos segundos mientras con las manos acariciaba sus nalgas desnudas. Ello lo dejó tocarla, cada centímetro que él quisiese, disfrutando cada vez que las yemas de sus dedos le masajeaban la piel. Lo sintió entre las piernas y todo su cuerpo se tensó de placer, tenía tantas ganas que no sabía qué hacer para calmarlas, le parecía que nada de lo que hacía era suficiente. Él le besó la entrepierna y ella tensó las piernas, expectante, hasta que finalmente lo sintió en la vagina. Lo tomó por el cabello y se negó a soltarlo mientras éste lamía y succionaba por turnos su clítoris. Paola jadeaba y gemía mientras Miguel trataba de tener más de ella. En algún punto la escuchó rogarle que terminara y después de sentir cómo se venía, reemprendió la marcha hasta sus pechos. Se quedó allí mientras se acomodaba entre sus piernas y la penetraba. Miguel se movió en contra de ella una y otra vez, Paola gemía cada vez más fuerte. La escuchó respirar pesadamente mientras movía las caderas de arriba abajo, adaptando sus movimientos a los de él. Él se apretó a ella mientras la rodeaba con los brazos y sentía como iba vaciándose dentro de ella. Cuando terminó sus bocas se encontraban a centímetros una de la otra, y sus alientos se mezclaban. La volvió a besar, esta vez lentamente, sin lujuria, solo como un gesto de cariño. Y ella, que tenía los muslos contraídos en contra de sus piernas, se destensó suavemente, aceptando sus besos y caricias.

***

Primero sintió la alfombra de la sala debajo de ella, olía a humedad y a polvo. La luz le causaba un particular escozor en los ojos y le dolía debajo del mentón, allí donde se había golpeado al caer. Se dio cuenta de que estaba en su apartamento y trató de recordar qué era lo último que había pasado. No encontró ninguna imagen a la que agarrarse, solo la certeza de que había regresado a su casa después de un almuerzo con Lilly y otra sesión de yoga. No recordaba haber abierto la puerta, pero sabía que lo había hecho porque allí estaba, tirada a un lado del sofá y la mesita de café. Por segundos creyó escuchar pasos, una voz familiar, el repiquetear distintivo de las cosas al moverse. Pero era imposible y cuando terminó de recuperar el control sobre su cuerpo, solo había silencio. Se incorporó en el suelo, estaba mareada y confundida. ¿Qué hora era? ¿En qué día estaba? Un flash de luces mezcladas con rostros, sensaciones, olores y sabores la golpeó justo en el rostro. Primero la risa de Paola y después el sabor a caramelo que había quedado en la boca de Miguel. Pestañeó confundida y las ganas de vomitar se intensificaron. Algo había pasado, algo que no era normal y que nunca le había ocurrido con el resto de sus clientes. En la peor de las ocasiones había tenido que hacer otra sesión más para desligarse ella misma de ellos, pero esto era totalmente diferente. Helena sentía que había dejado de ser ella por unos minutos y se había puesto en el lugar de Miguel. Entonces le pegó justo en las entrañas, lo que estaba experimentando era el dolor que había estado sintiendo él desde que su esposa, o ex esposa, lo había botado sin remordimiento. Le dolía el corazón, la boca del estómago y estaba segura de que lo que le recorría el cuerpo eran escalofríos. Estudió la habitación rápidamente ¿Dónde había dejado el teléfono? Se trató de levantar como pudo y trató de ubicar el aparato. ¿Dónde lo había dejado? Solía ponerlo en el mesón de la cocina o sobre la mesita de noche, pero no estaba por ningún lado. Necesitaba comunicarse con Madame, necesitaba que le diera respuestas, que arreglara el desastre en el que la había metido.

Después de más de diez minutos buscando el aparato se dio por vencida. Tomó las llaves del apartamento y salió. Si alguien podía ayudarla era Madame y no quería pasar un momento más con ese dolor en el corazón. Cuando había terminado con Martín no se había sentido tan mal, en realidad había sido una experiencia liberadora salir de una relación tan manipuladora, incluso si todavía lo extrañaba. Pero Helena nunca consideró volver, para ella dejar a Martín había sido la mejor opción para su vida. Sin embargo, Miguel creía que regresar con Paola (su ex esposa) era la única solución a sus problemas, sin importar que ella le hubiese puesto los cuernos. Si su ex mujer había roto algo ella podría repararlo. A Helena le asustaba ese pensamiento, le daba miedo pensar que pudo haber sido así con su ex, pudo haber estado tan enamorada de él como para aceptar todos sus caprichos, como para dejar que hiciese lo que quisiese con ella. Y Martín insistía, creía que lastimarla y pedir perdón era sinónimo de amarla y que así se debía sentir el amor, como un monstruo pegajoso que se adhiere a ti y no te suelta.

Eran casi las seis cuando salió del edificio y cruzó la calle en dirección a la casa de Madame. Normalmente tomaría algún medio de transporte para llegar allí, pero había salido sin dinero y sabía que si corría podía llegar en por lo menos diez minutos. Aceleró el paso cuando llegó a la avenida y comenzó a trotar cada vez más rápido. Solo desaceleraba cuando se topaba con alguien que no la dejaba avanzar. El escozor en las piernas la ayudaba a pensar en otra cosa, en algo que no fuesen los problemas de Miguel. Por lo menos cuando él lo experimentaba sabía lo que estaba ocurriendo, Helena no tenía media idea de lo que ocurría. Cruzó en dirección a unas callejuelas mucho más pequeñas y entró en un sector que solo albergaba chalets idénticos. Nadie imaginaría a Madame viviendo allí, pero lo había heredado de su tercer esposo y gracias a él se había convertido en su hogar. Después de eso no se había vuelto a casar, y la verdad Helena y su madre dudaban que alguna vez lo hiciera, pero la mujer aseguraba que Henri podía estar muerto, pero ella no y viviría su vida como más le parecía.

Helena se detuvo frente a la tercera casa, contando desde afuera hacia adentro. El jardín de Madame olía a albahaca y limoncillo, atravesó el camino hasta quedar justo en frente de la puerta de madera. Tocó el timbre y esperó, pero los minutos pasaban y nadie contestaba. Se preguntó si habría salido, siempre estaba allí a esa hora de la tarde, pero podría haberle surgido un compromiso. Se asomó por las ventanas de la cocina y escuchó la televisión encendida a lo lejos. Debía estar allí, entonces. Miró hacia la vereda y no vio a nadie, en la casa de al lado alguien estaba tocando música y en algún lugar de la urbanización se escuchaban los gritos de algunos chicos. Sopesó sus opciones y sus ojos fueron directos a la puerta que conectaba el jardín con el patio. Solía usarla cuando había alguna reunión en la parte de atrás, las mujeres pasaban directo a la terraza de atrás y tomaban el té todas juntas. Pero ese día parecía no haber nadie así que decidió probar suerte. La puertezuela se abrió, no tenía el candado por dentro y tampoco le había pasado el seguro. La deslizó hacia adentro y caminó escuchando los latidos de su corazón. Cuando llegó al patio todo estaba vacío y la televisión se escuchaba con más fuerza. Se dirigió a la terraza y a la puerta que los comunicaba con la sala de estar. Estaba corrida a la mitad y el sonido se desbordaba claramente. Parecía algún tipo de pelea y a Helena le subió el corazón hasta la garganta. ¿Quién podría querer hacerle daño a Madame? Se arrepintió de haberse hecho esa pregunta, era estúpida. La lista de personas que no disfrutaban, o incluso toleraban, la presencia de Madame era larga y los motivos bastante variados. Helena entró corriendo y escaneó la sala de estar, había una lámpara en el suelo y uno de los cajones del escritorio que se encontraba en contra de la pared que daba a la cocina estaba desordenado y a punto de caerse. Si tuviese el teléfono a la mano hubiese llamado a la policía, pero el desgraciado aparato no había aparecido. Un par de gritos la guio hasta el piso de arriba y Helena subió los escalones de dos en dos. Estaba asustada y confundida. Había hablado esa mañana con la señora, y no la notaba preocupada ni diferente. Era ella misma en su entrometido y molesto esplendor. La casa solo tenía dos habitaciones y abrió la primera que encontró. Lena soltó un grito cuando la puerta se abrió de par en par, rebotó contra la pared y pudo ver el cuerpo voluptuoso de Madame tendido sobre una cama, completamente desnudo. No estaba sola, un moreno de más o menos la edad de Helena se encontraba sobre ella y la besaba para acallar los gemidos que salían de su boca. Se puso roja de vergüenza y se paralizó en el acto, no sabía qué hacer, a dónde ver o a dónde ir. Después de pensarlo por demasiados segundos, giró sobre sus talones y salió hasta el pasillo que comunicaba con las escaleras. Se detuvo a mitad de camino, regresó a la habitación y torpemente cerró la puerta. No sabía qué decir y solo reaccionó cuando casi terminaba el trayecto hasta la planta baja, y gritó con una voz que le salió torpe y desafinada "¡Lo siento!".

Entre todas las escenas vergonzosas de su vida, nunca pensó que encontrar a Madame con alguno de sus amantes o clientes, dependiendo del punto de vista y la ocasión, fuese a entrar en su lista. Se sentía torpe entre los muebles de aquella casa y no sabía si quedarse o irse. Esperó un par de minutos, se concentró en el desastre que había quedado en la sala y se dio cuenta de lo que había ocurrido, todo había comenzado allí y estaban terminando en la alcoba. Qué ilusa había sido. Recogió la lámpara del suelo y acomodó los papeles del escritorio, devolvió el cajón a su lugar y se dio cuenta que adentro todavía quedaban cuatro condones. Por eso había sido el desastre. Se estaba disponiendo a salir cuando escuchó la puerta de la habitación abrirse y cerrarse. Avanzó hacia el patio sin saber dónde esconderse ¿Qué le diría Madame si la veía? ¿Por qué el día de hoy tenía que ser tan torpe? Estaba ya con medio pie afuera cuando escuchó la voz de la mujer llamarla.

-¡Lena! ¿A dónde vas?- no parecía irritada ni molesta ¿Tenía que estarlo?

-Madame, lo siento tanto- se deshizo en lamentos.

-Tranquila, niña- dijo con su usual acento —Esas cosas nos pasan a todos- y soltó una risotada escandalosa.

-¿Qué? ¡No! Eso no...- tartamudeó —Yo no...- volvió a hacerlo. Se sentía impotente al hablar.

-¿Ocurre algo?

-Madame, yo...

-¿Qué te pasa, niña? No puedes sacar una palabra detrás de la otra.

-Algo me está pasando, Madame- contestó preocupada — Desde el sueño de esta mañana no he sido la misma...

3. BUSCANDO RESPUESTAS

La cocinita de Madame era acogedora y pintoresca. Era de caoba y mármol y tenía una pequeña mesita para desayunar en el medio del espacio. La gruesa señora solía comer parada, con los platos y vasos sobre el mesón y solo usaba el mueble cuando tenía invitados, o por lo menos invitados que se quedaban a comer. Esa tarde Helena estaba en la mesa, tenía entre las manos una taza de café humeante, ella misma le había regalado esa taza un día de las madres, lo había hecho como un gesto de agradecimiento por ser como una madre para ella. Y ahora la tenía entre los dedos mientras miraba el líquido oscuro estático. Madame no quiso sacarla de sus pensamientos, en cambio la dejó en silencio hasta que estuviese lista para hablar. Cuando lo hizo tenía bolsas bajo los ojos azules y la mirada perdida.

-No sé lo que ocurre- sus dedos se movieron sobre la taza y las uñas repiquetearon en contra del material -Tuve una visión, nunca antes había tenido una visión- Los ojos café de la mujer la miraron con compasión.

-Empieza desde el principio, niña. ¿Qué ocurrió esta mañana?

-No sé si tuvo que ver, pero tuve un sueño tan realista. Juro que pensé que era real, que él estaba allí...

-¿Él?

-No sé quién es...

-¿Y cuándo tuviste la visión?

-En la tarde, después de atender a un cliente. Sobre él fue...- las imágenes se le vinieron a la cabeza de golpe y el rubor le subió por el pecho hasta las mejillas.

-¿Qué clase de visión?

-Era sobre su ex esposa... Creo...- masculló al final -Pero la visión no es el problema... Algo pasó durante la sesión, nunca había visto a alguien tan... Mal- sintió el dolor en el pecho e hizo amago de toser para quitárselo.

-¿Hablaste ya con Clarissa?

-No puedo contarle a mi madre nada de esto- sentenció decidida.

-Habíamos quedado en que le contarías, llevas dos años con este trabajo.

-Sabes que no lo aprueba, tiene miedo de que me ocurra lo mismo que a ella.

-¿Y qué pasa si ocurre? ¿No debería estar preparada para que la llames y le digas que estás en problemas?- la mujer le dedicó una mirada grave y Helena lo sopesó por un instante.

-¿No puede hacer algo usted? Algo de su magia me vendría bien ahora...- masculló y seguidamente se escuchó una gran carcajada.

-Mi niña, la magia tiene un precio...

-¿Me va a cobrar a mí, Madame?- otra vez la risa explosiva de la mujer.

-No, no, yo no pienso pedirte dinero- se acercó a ella y finalmente se sentó -Pero tú siempre tienes que pagar algo, no conmigo, con la vida en general- Helena suspiró. Sabía a lo que se refería, ella daba la misma advertencia, todo tiene sus consecuencias -Podrías arreglarlo tú misma, con tus métodos- Helena sintió un nudo en la garganta, era mezcla de desesperanza y miedo ¿y si no funcionaba?- Asintió con la cabeza y reprimió las ganas de llorar que le quemaban los ojos.

-Ahora, dígame...- Madame la miró expectante -¿Es normal que él esté desnudo por toda su casa?- Helena señaló al hombre que se encontraba leyendo un libro en el sillón de la sala y sin nada de ropa. La otra mujer le dedicó una mirada lasciva y suspiró.

-Es más divertido así.

***

El camino a su casa lo hizo lentamente, había ido con la esperanza de que Madame hiciera algo. Siempre había sido partidaria de los métodos lentos, de la meditación, de ir sanando poco a poco, o eso creía ¿Era realmente así? Después de todo ofrecía un atajo a aquellos con el corazón roto. Ahora era ella la que pedía que le arreglaran el corazón. Le supo amargo el hecho de que con Martín las cosas no hubiesen sido así ¿Lo había amado realmente? Solo quería llegar a su casa a dormir, o tal vez a comer helado y luego dormir. Atravesó el recibidor, era una habitación cuadrada que comunicaba con el elevador y un pasaje de escaleras. Una de sus paredes estaba cubierta por una lámina de espejo y la otra era de un color verde oscuro que combinaba con el color ocre de las baldosas del suelo. Tomó el ascensor y marcó el piso 9. Normalmente bajaba y subía las escaleras, pero ese día se sentía agotada.

Las puertas del elevador se abrieron y lo vio allí. Tenía la barba cortada al ras y el cabello castaño en rizos como siempre. No cargaba el traje de costumbre, pero se veía igual de deslumbrante. Ni una sola mariposa muerta se movió dentro de ella, pero no reaccionó, era lo último que esperaba encontrar. Martín se acercó a ella y una ola de su perfume la golpeó en la cara.

-Te estaba llamando...- masculló él -Pero no respondías y me asusté- no supo qué tan cierto era eso, estaba demasiado desconcertada para eso.
-¿Qué?... ¿Qué haces aquí?
-Yo estaba cerca y quise llamarte, pero no respondías- quiso tocarla, pero su mano se detuvo en el aire.
-Yo... Yo estoy bien- mintió. Lo último que quería era agregarlo a él a su lista de inconvenientes.
-¿Estás segura? Te ves un poco... *shockeada*- ella estudió su expresión, pero no encontró nada sospechoso.

-Martín, no puedo hacer esto ahora.

-¡Lo siento! Yo pensé que después de todo este tiempo... Me podrías perdonar... No sé- Su rostro estaba contraído por una mueca de dolor y Helena no supo qué hacer.

-No, no. No tengo nada que perdonarte... Martín...- Las lágrimas le afloraron en los ojos. Sabía que no era por él, ni por ellos, solo no podía reprimirlas.

-¿Puedo abrazarte? No quiero verte así- ella no se negó y dio un paso en su dirección. Él terminó de alcanzarla y la envolvió en sus brazos. Le acarició el cabello rubio y después de unos segundos la besó en la cabeza. Helena podía sentir el corazón latirle con violencia, había algo en ella que quería acallar el dolor ajeno en el agarre de Martín. Lo escuchó respirar pesadamente, justo como la primera vez antes de besarse. Él le acarició los brazos y ella se preguntó si estaría mal dejarse consolar por él. Pero no quería darle falsas esperanzas, no quería que pensara que estaba en ese estado por su rompimiento –Déjame arreglar las cosas, Lena- le susurró en un oído con toda la dulzura del mundo. Ella intentó ser fuerte y lo soltó, Martín entendió la indirecta e hizo lo mismo.

-Martín, por favor. No hagas esto.

-¿Qué estoy haciendo? ¿Demostrándote lo mucho que te quiero?

-Me quieres ahora que ya no estoy más contigo, ni siquiera sé si sabes lo que es amar a alguien de verdad y no puedo seguir queriéndonos por los dos- Retrocedió impetuosamente y se llevó la mano derecha a uno de los bolsillos, necesitaba las llaves.

-No es justo, no tienes derecho a decir eso después de abandonarme.

-¿Cuántas veces no me hiciste a un lado porque el resto de las cosas era más importante? ¿Cuántas veces me negaste en frente de tus amigos?... ¿Cuántas veces te avergonzaste de mí en público? No soy la mujer para ti, por favor, entiéndelo- Lo rodeó e introdujo la llave en la cerradura –Necesitamos estar separados,

necesito que me des espacio- sentenció y abrió la puerta deján-
dolo afuera del apartamento. Cerró sin decir adiós y respiró profundo hasta que el dolor en el pecho comenzó a calmarse. No
obstante, no se deshizo de él.

Se quedó en silencio junto a la puerta, necesitaba saber que él ya
no estaba, que se había marchado. Escuchó como el ascensor se
abría y cerraba y luego botó el aire que había estado conteniendo.
Se dejó caer sobre el suelo y comenzó a llorar ¿Qué le estaba pasando? Desde que Martín y ella habían terminado solo había llo-
rado dos veces y desde entonces se sentía muchísimo mejor. Le
echó la culpa al episodio de esa tarde, pero aun así no encontró
fuerza para levantarse. Se quedó en el piso de madera hasta que
un pitido comenzó a sonar. El sonido le recordó al teléfono que
no había encontrado, todo antes de su visión seguía borroso y no
recordaba siquiera qué había pasado después de entrar al apartamento. Siguió el sonido hasta el origen de la fuente, encontró el
aparato debajo de sillón, pero no tenía media idea de cómo había
llegado allí. Su pérdida de memoria la agobió por un momento,
pero no se pudo concentrar en ello. En cambio, fue al congelador
y sacó un pote de helado que tenía más de dos semanas esperando
por ella. Tomó una cucharita de una de las gavetas y comenzó a
comerlo. Se fue a una esquina de la sala, se sentó en el suelo en
silencio y se lo devoró. Vació el envase y cuando terminó se preguntó si esa había sido la mejor idea para reparar sus penas. Me-
ditaría en la mañana, se dijo. Tenía que empezar por algún lado.
Se levantó, botó el recipiente del helado y fue directo a la cama.
No tenía ánimos para hacer nada más.

***

Pocas veces Helena se encontraba lo suficientemente distraída como para no lograr meditar. Desde que su madre le había enseñado a controlar sus emociones mediante la meditación, la había utilizado cada vez que algo malo ocurría. La utilizó para todas las veces en que Lilly se rompió el corazón a ella misma, cuando su madre tenía pesadillas, cuando se enamoró por primera vez y fue todo un fracaso. Cada vez, Helena había logrado arreglar el desastre con paciencia y esfuerzo. Hoy en día, el revoltijo de emociones, flashes de imágenes y recuerdos se veían cuesta arriba. Inhaló lentamente, por diez segundos y se concentró en el sonido de su voz, exhaló por diez más, y asimismo fue repitiendo el proceso una y otra vez. Sintió la energía concentrársele en el pecho, era densa y pesada y se sintió ahogarse en ella. Se vio a ella misma hundirse en un líquido grueso y espeso, intentó nadar, moverse, pero sus extremidades no le respondían. Sintió que se quedaba sin aire y cuando abrió la boca saboreó el líquido negro y espeso, le supo a hierro. Trató de escupirlo pero se ahogaba en él. Desesperada abrió los ojos y otra vez se encontraba en el suelo de la terraza con el sol de las 7 de la mañana pegándole en el rostro. Lanzó una maldición al aire antes de caer al suelo con el cuerpo bañado en sudor. Pocas veces había experimentado meditaciones como esas y nunca tan fuertes.

Cuando se enamoró por primera vez y seguidamente le rompieron el corazón, su mamá la había obligado a meditar y a no enfocarse en el dolor del presente. Esa fue la primera vez que experimentó una visión durante una meditación. El paisaje era distinto pero los sentimientos eran muy parecidos. Helena se acomodó sobre la alfombrilla y reemprendió la marcha, podía escuchar a su madre decirle que lo intentara una vez más. Inhaló aire durante diez segundos y luego exhaló seguidamente. Lo repitió durante media hora antes de dejarse sumergir dentro de ella misma. Esta vez no había agua, ni un prado muerto, solo ella dentro de la oscuridad. Esperó pacientemente hasta obtener alguna señal. Una luz se iluminó al final y la sensación de que ya había estado allí la invadió. Caminó en línea recta, pero las luces no se hacían más cercanas ni más brillantes, quiso gritar, pero no le salía la voz. Siguió avanzando hasta que encontró el final y allí donde se terminaba la oscuridad comenzaba una salita que se le hacía demasiado familiar. Sus dedos rozaron el material del sillón que se encontraba en frente de un televisor. Le recordó a algo que ya había sentido antes, debajo de ella para ser precisos. Miró con detenimiento y supo de dónde conocía el lugar. Era el viejo apartamento de Miguel, el que había visto en su visión. Escuchó su voz, clara como la última vez. Sintió su aliento detrás de su oreja derecha y los recuerdos de su último encuentro ocultaron la sensación de ahogo que había sentido desde el día anterior. Recordó sus manos sobre su piel, el sabor de sus besos, la manera en que su lengua se sentía sobre sus pezones. Un escalofrío le recorrió la piel y sintió el palpitar entre las piernas. Ella no dijo nada, solo se quedó expectante, pero él no se movió.

-¿Me extrañaste?- Helena quiso darse vuelta, verle el rostro, saber quién era. Pero él no la dejó, sino que se apretó a ella y comenzó a besarle el cuello. Ella no opuso resistencia, sino que dejó que sus labios la embriagaran. Él podía escuchar su respiración profundizarse, hacerse cada vez más pesada mientras la piel se le enrojecía por el deseo. Él llevó sus manos a sus caderas y las pasó por su vientre debajo de la camiseta de algodón, ella dejó que la tocase mientras sus labios formaban figuras en su cuello. Él se adentró por los pantaloncillos de deporte en busca de su ropa interior y le acarició el pubis por encima de la prenda. Helena, desesperada, llevó su mano a la de él y la condujo debajo de sus bragas. Escuchó su risa, fuerte, profunda y alegre, e inmediatamente sintió sus dedos acariciarle los labios y después introducirse en ella. Helena soltó un gemido sordo mientras las piernas le temblaban, él pudo sentirla húmeda y comenzó a juguetear con las paredes de su vagina mientras ella gemía con cada vez menos decoro. Helena se pegó a él como si no pudiera tener suficiente de su esencia y él la abrazó con el brazo desocupado. El hombre terminó de masturbarla y se llevó los dedos a la boca. Helena era encantadora en todas partes y le sabía a gloria. Ella, que todavía seguía con ganas de más, intentó darse la vuelta otra vez y él se lo volvió a negar. Le siseó como un gato en desaprobación y continuó con los besos hasta donde encontró piel desnuda. Sus manos se escurrieron por encima de la camiseta, le acariciaron un pecho y volvieron al borde de la tela para finalmente removerla, dejándola en el sostén deportivo únicamente. Se lo quitó también y con ambas manos le apretó ambos senos y ella jadeó al contacto.

-Mira cómo te derrites- le dijo en voz suave y ella solo pudo emitir un par de sílabas en respuesta -¿… y si hago esto?- y le dibujó una línea de besos por toda la espalda hasta llegar a sus pantaloncillos. Se los bajó hasta los tobillos y Helena procuró deshacerse de ellos. Se pegó a ella una vez más y la mujer pudo sentir su miembro rozarla y frotarse en contra de sus nalgas. Lo quiso desnudar pieza a pieza, pero lo encontró inalcanzable. Estaba completamente a su merced y con la entrepierna húmeda por la lujuria. Él continuó moviéndose detrás de ella, incitándola, llenándola de besos y abrazándola por el vientre. Helena intentó sentirlo, pero solo logró aferrarse a una de sus nalgas desnudas. Era redonda y dura y se negó a soltarla o a separarse de él.

-¿Cuánto me quieres, Helena?- preguntó mientras su mano le acariciaba la entrepierna.

-Mucho…- murmuró cegada por el deseo.

-¿Qué tanto es mucho?- Y la volvió a penetrar.

-No…- intentó decir, pero solo podía concentrarse en la manera en que le acariciaba uno de los pechos, jugando con su pezón, mientras su otra mano le alcanzaba el clítoris.

-¿Me detengo?

-¡No!- gimió ella.

-Así me gusta más- dijo y le mordisqueó un hombro.

El hombre intentó dar dos pasos hacia el sillón, pero ella se lo negó. No quería que acabaran allí. Él se rio al comprender el porqué y la tomó por las caderas guiándola hacia la puerta más cercana. Helena intentó recordar los detalles del lugar, aferrarse a algo que le dijera que al despertar todo eso seguiría siendo real. Se fijó en el color del sillón y los pequeños diámetros de aquella salita. Los marcos blancos y las puertas de madera. Atravesaron uno y pudo ver muy fugazmente un escritorio de pino, un armario sin puertas y un calendario. Intentó concentrarse en la fecha, pero las caricias del hombre le dejaban poco espacio en su cabeza. Sentía sus manos tocarla en cada rincón, acariciarle el abdomen, el ombligo, los pezones, los hombros. Sus labios ardían de ganas de que la besara, pero él se negó a mostrase y la depositó boca abajo sobre una cama angosta llena de almohadas. Se sumieron en silencio mientras él le estudiaba cada centímetro de la espalda y de los glúteos. Sintió cómo uno de sus dedos le recorría los omóplatos y dibujaba una fina línea que se perdía en sus nalgas. Comenzó a respirar pesadamente, anhelante, y no fue hasta que sintió cómo presionaba su pene en contra de sus glúteos que no se calmó. Ella lo buscó con el cuerpo, moviendo sus caderas de arriba abajo para que la pudiera notar, expectante, lista para que él entrara. Él soltó un suspiro cuando la comenzó a sentir en contra de su pubis, cómo jugaba con el vello y le decía sin palabras "quiero más". La erección le quemaba la entrepierna de deseo y no pudo evitar sino buscar sus labios para penetrarla finalmente. Lena extendió sus brazos sobre las sábanas y sus dedos se aferraron a la tela cuando sintió la primera espoleada. Ambos se movieron hacia adelante, en sincronía, mientras él se apoyaba sobre sus rodillas y se concentraba en no acabar todavía, no hasta que la hubiese escuchado gemir de placer con todas sus fuerzas. Repitió la operación por una segunda vez, con más fuerza, y ella aulló cuando el primer orgasmo le recorrió el cuerpo. Se trajo consigo las sábanas mientras él volvía a entrar en ella una tercera vez y un bramido gutural se le escapaba de los labios. Él era implacable y la curvatura de su miembro le rosaba el clítoris como si estuviesen hechos para permanecer juntos en un estado de excitación y placer. Ella levantó las caderas un poco más, reteniendo su pene dentro de ella, moviéndose mientras ambos permanecían unidos y en perfecta armonía. Helena sintió el tercer orgasmo cuando él comenzó a moverse en círculos dentro de ella, le pareció que se desvanecía mientras una marejada de sensaciones le recorría el cuerpo entero, ya sin aliento.

Nunca antes se había sentido igual. Se le había olvidado por completo que no era la vida real cuando el placer se le drenó del cuerpo y en vez de sábanas entre los dedos tenía la alfombrilla. Abrió los ojos desconcertada, con la luz del sol dándole directo en la cara. Descansó todo el peso del cuerpo en ambas manos y jadeó. La horrible sensación del pecho, pesada y tosca, fue reemplazada por un hormigueo en toda la piel y un palpitar en los labios de la vulva. Se levantó todavía aturdida y entró en la sala. El cuerpo estaba bañado en sudor y la entrepierna la tenía bañada en flujo.

4. REENCUENTRO

Helena entró corriendo al edificio principal del centro cultural. El aire acondicionado le pegó justo en el rostro y su piel, enrojecida y caliente sintió el escozor que produce el contraste. Después de la última visión se había tenido que bañar y cambiar de ropa, su última muda olía a sudor y a fluidos vaginales. Sabía que estaba llegando tarde cuando se metió a la ducha, pero no podía llegar en ese estado. Salió completamente desnuda del baño, chorreando agua y con la espalda sin terminar de enjuagar. Tomó lo primero que encontró y se secó el cuerpo. Ni siquiera recordaba si se había puesto ropa interior o no, pero igual tomó las llaves, el teléfono y el bolso de siempre. Amanda intentó detenerla cuando pasó a toda carrera hacía el salón de clase que le tocaba esa mañana a las 10 en punto, eran las diez y quince. Se quedó fría al ver a su madre al otro lado de la habitación dictando la clase. Los alumnos se dieron vuelta inmediatamente y Clarissa le dedicó una mirada inexpresiva, como si no la reconociera. Reemprendió la lección y todos volvieron a ella como si estuviesen hipnotizados. Amanda llegó justo detrás de Helena y la haló por un brazo para que no armara una escena. Ella se dejó llevar de vuelta a recepción sin decir una palabra, todavía estaba confundida y mientras más tiempo pasaba más le regresaba la sensación en el pecho que Miguel le había dejado. Una vez en la sala principal fue que Lena se dignó a hablar.

-¿Qué hace ella aquí?- Amanda la miró con una mezcla de lástima y pena en los ojos.
-Ella viene a meditar los miércoles, pero ayer tenía que atender algo en la floristería y no pudo llegar- Su madre era la que le había conseguido el trabajo en el centro cultural cuando se retiró para atender su propio negocio. Desde entonces no hablaban mucho

y Lena tenía miedo de que se enterase de lo que estaba haciendo a sus espaldas.

-¿Qué voy a hacer ahora?- interrogó mientras la inquietud le subía por la garganta en forma de bilis. Si se quedaba a solas con ella se daría cuenta instantáneamente.

-¿Contarle?- propuso Amanda, pero Helena estaba completamente en contra y prefería perder la siguiente clase que tener esa conversación con Clarisa. La miró con los ojos bien abiertos y negó lentamente con la cabeza, no iba a hacer eso -¿Qué ocurre?

-Ya no le puedo contar a mi mamá lo del otro trabajo…- se calló a media oración.

-¿Por qué? ¿Pasó algo con Miguel?

-No es Miguel, soy yo. Ayer me desmayé y tuve una visión.

-¿Una visión?- exclamó en susurros. Helena la fulminó con la mirada -¿Una visión? ¿Desde cuándo tienes visiones? Eso no me lo habías dicho que tenías visiones- la martilleó a toda velocidad.

-Ese es el problema- masculló apretando los dientes –Cuando estoy teniendo una sesión tengo algo así como unas visiones, son más como visualizaciones… Pero ayer llegué a mi casa y colapsé completamente- Amanda la miró asombrada –Y esta mañana mientras trataba de… repararlo, tuve dos más ¿Por qué crees que llegué tan tarde?

-¿A qué te refieres con repararlo?

-Hay veces que "despegando" a algún cliente termino pegada yo, pero es sencillo de reparar, con meditación…- se mordió el labio antes de continuar –ahora estoy completamente atada a Miguel y a su ex y no puedo repararlo- terminó con urgencia.

-¿No es esa una razón más para decirle a tu madre?

-Supongo… pero no sabes cómo es con este tema, no quiero pelearme con ella- se llevó ambas manos al rostro y se restregó la cara en señal de desesperación.

-Entiendo…- la mujer se quedó pensando mientras jugaba con uno de sus rizos, pero no sabía qué decirle así que volvió a hacer otra pregunta -¿No puedes intentarlo otra vez?

-¿Qué cosa exactamente?

-La meditación ¿Y si lo intentas de nuevo? Separarte a ti misma y eso…

-Ya lo hice y algo peor pasó.

-¿Peor?- chilló ella y Helena agradeció que recepción estuviese vacía a esa hora de la mañana.

-¿Recuerdas mi estado de ayer?- la mujer respondió —Pues tiene una razón…

-¿Si te estás acostando con alguien más?- gritó exaltada y la otra se le abalanzó para taparle la boca con una mano.

-¿Tú quieres que te mate? ¡Haz silencio! No me estoy acostando con nadie… o por lo menos no a propósito…- aclaró y Amanda la miró sorprendida.

-¿Cómo… cómo?— balbuceó -¿Cómo te acuestas con alguien sin querer?- Lena frunció los labios y asintió.

-Yo puedo… Ayer en la mañana… o antes de ayer en la noche… no lo sé… tuve un sueño- La mujer se le quedó viendo expectante —Al principio pensé que era Martín, pero me desperté casi segura de que era con alguien más, pero no puedo identificarlo.

-Ya va… ¿Qué clase de sueño?

-Uno… ¿Sexual?- Amanda soltó una carcajada y la golpeó en el brazo.

-¡No lo puedo creer!- exclamó entre risas.

-¡Cállate, mujer!- se cubrió los ojos con ambas manos e intentó explicarse —Eso no es lo peor…- comenzó sin ganas —Esta mañana intentando meditar tuve una visión con él y esta vez fue más intensa.

-¿Pero es o no es Martín?

-Desearía que lo fuese, ayer fue a mi casa e intentó arreglar las cosas, pero yo... yo no estoy enamorada ya... me cansé.

-¿De verdad lo crees?

-Pues ahora no lo sé- chilló y se revolvió la masa de cabello suelta.

-Tal vez deberías darle una oportunidad, o por lo menos asegurarte de que no sea él el del sueño/visión.

-Estoy casi segura de que no es él.

-Pues no puedes soñar con alguien que no conoces, está comprobado- Amanda se encogió de hombros y abandonó su lugar en frente del mostrador para sentarse en la silla detrás que le correspondía normalmente.

-Lo que yo hago no está comprobado- le recordó.

-Eso es porque eres una rara de la naturaleza- Helena ignoró la broma y miró el reloj que había sobre el escritorio de Amanda, su madre saldría en media hora todavía.

-¿Si es Martín qué hago?- Amanda tomó el teléfono del centro cultural y se lo entregó en la mano.

-No sé, pero es mejor que lo llames y decidas en el camino- Helena tomó el aparato entre las manos y se quedó mirando los números, todavía se sabía sus dígitos de memoria -¿Te haría sentir mejor que fuese él?- ella asintió con la cabeza —Entonces es una señal del destino- le levantó una ceja socarrona y luego se concentró en cualquier minúsculo papel que tuviese a la mano.

-Está bien, lo llamo- apretó los labios y se fue hasta la salida para llamar en paz y tranquilidad.

***

La luz del restaurante le lastimaba los ojos. Tenía tantos bombillos en el techo y en los costados que Helena se sentía en el medio de un escenario. Era uno de esos establecimientos extranjero, de paredes rojas, cielo raso, y meseros en uniforme y corbatín, a Martín siempre le habían gustado ese tipo de restaurantes. El olor de los platillos le nubló todos los sentidos, no había comido en todo el día por los nervios y ahora estaba famélica. Martín la miró desde el otro lado de la mesa, llevaba el cabello aplacado con gel, pero sus risos amenazaban con revelarse. Llevaba una camisa de lino que le combinaba con un saco gris y una corbata que ella misma le había regalado hacía un par de meses. No iba a negarlo, el hombre era incandescente, deslumbraba a todos a su paso y hacía que las camareras que los atendían se convirtiesen en animales torpes y tontos. Sin embargo, Helena nunca había sido una novia celosa y eso volvía loco a Martín. Ella lo observó buscando a la persona que había amado con locura, ahora solo lo amaba y no sabía ni de qué manera lo hacía. Llevó la mano hasta la copa de vino que le habían servido previamente y comenzó a jugar con la base, todavía tenía los nervios a flor de piel. Se llevó la copa a los labios y trató de beber con calma pero el líquido le quemó al bajar y se asentó en el estómago como una roca, antes de pensar mucho en ello ya se había terminado la bebida.

-¿Estás bien?- quiso saber él.

-Sí, sí- dijo enérgicamente -Solo tenía sed- el asintió tratando de ser comprensivo y apuró una respuesta.

-Si quieres pedimos otra cosa, agua o jugo…- ella negó con la cabeza y señaló la botella de vino con convicción.

-Con el vino estamos más que bien- Helena no recordaba cuándo había sido la última vez que había bebido, pero no era común que se terminase tan rápido una copa de vino. Martín le volvió a servir, pero esta vez la medida fue menos. Ella volvió a agarrar la pieza de cristal y comenzó a beber lentamente. Él la miró sorprendido, pero no dijo nada sino que la imitó y se llevó su vaso de whisky a los labios.

-Pensé que nunca me ibas a aceptar de vuelta- murmuró y ella hizo una mueca de dolor.

-Yo solo quería aclarar las cosas, ver qué podemos hacer- murmuró en respuesta -No es que estemos volviendo- se encogió de hombros y bebió otro sorbo.

-Claro, Claro- se apresuró a responder y después de eso cayó un silencio entre los dos -¿Qué debería esperar de nosotros?- Helena lo meditó unos segundos antes de contestar y dijo con voz calmada.

-Quiero saber si lo nuestro tiene salvación, si eres tú...- se cayó abruptamente antes de cometer alguna idea imprudencia.

-Ok... Me parece bien. Puedo trabajar con eso- y sonrió complacido antes de soltar una risa juguetona. Ella le regaló una sonrisa apretada y se dedicó a observarlo.

-Me muero de hambre...- comentó con ligereza y Martín aceptó. Ninguno de los dos quería que hubiesen silencios incómodos, pero el día en que terminaron habían tenido una pelea tan horrible que ahora sentían vergüenza al volverse a hablar.

Había varias cosas de las cuales Helena se podía arrepentir en cuanto a su pasada relación con Martín, pero no se arrepentía de haber estado con él en primer lugar. Lo había amado (o eso creía) y a pesar de las cosas malas, él también le había traído cosas muy buenas. Gracias a él se había dado cuenta que una vida en la universidad no era lo suyo, que las personas no aparentaban por gusto sino por necesidad en una gran mayoría de casos. Sí, Martín le había traído muchísimas cosas buenas, cosas que no iba a poder cambiar y que la hacían la persona que era en ese momento. Se preguntó si podría volver a amarlo, o por lo menos volver a estar enamorada. Lo vio allí sentado, observándola detenidamente, con aquella imagen de chico bueno, el tipo de hombre que le llevas a conocer a tus padres. Intentó recordar cómo se sentían sus manos

sobre la piel, su boca sobre la suya. Martín tenía un sabor particular, medio dulzón y seco. Las imágenes del desconocido le volvieron con violencia, el sabor de sus besos reemplazó el sabor del
de los de Martín y tuvo que tragar desesperada la copa entera.

-¿Estás bien?- preguntó Martín con inquietud a lo que ella asintió
con la cabeza mientras tomaba la botella y se servía otra vez.

Él volvió a preguntar, pero la comida había llegado y ambos se
sumieron en el tintinear que producían los cubiertos en contra de
los platos. Helena tenía tanta hambre que no intentó formar conversación mientras comían. En cambio, se apuró un estofado de
carne y papa con una ensalada alemana que no sabía muy bien
que llevaba. Mientras lo hacía, se sirvió el resto del contenido de
la botella y aunque no quería admitirlo, la cabeza le daba vueltas.
El vino le ponía las mejillas coloradas y cuando Martín pagó la
cuenta y ambos se levantaron para salir, ella tuvo que agarrarse a
su brazo. Las palabras le salían con torpeza y el recuerdo de sus
visiones la ponía excitada y acalorada. Él la guio todo el camino
hasta su casa, le dolían los pies por los tacones y el vestido le
estorbaba allí donde se hacía el corte a mitad de la pierna. Martín
estaba consciente de lo arreglada que se había puesto, olía a flores
y tenía los labios tan rojos como el vestido. El cabello, largo como
una cascada de oro iba arreglado en una cola de caballo. Le notó
uno que otro rizo rebelde que se le hacía solo en ocasiones como
esas y lo quiso acariciar con los dedos, pero Martín no quería
aprovecharse de su estado y sabía que el alcohol le había caído
mal. A mitad de camino Helena dio un traspiés y molesta se sacó
los tacones. Ella que de por sí era alta quedó a la altura del hombro de su acompañante que era incluso más alto. La intención de
la muchacha fue dejar ambos instrumentos de tortura a mitad de
la calle, pero el hombre no los dejó abandonados sino que los
tomó por las correas y los cargó consigo. En algún punto, casi al

final del recorrido, volvió a tropezar e intentó volver a retirarse los zapatos, pero estaba descalza y el reconocimiento hizo que una carcajada le retumbara en la garganta. <<Estoy muy borracha>> se escuchó decir y siguió riendo porque el sonido de su voz se le hacía torpe y meloso. <Sí, lo estás> aceptó Martín, pero él no se oía ni feliz ni contento. El whisky no le había hecho efecto, pero la preocupación sí.

El edificio apareció como una salvación a mitad de cuadra. Martín había querido hablar con ella toda la noche, pero la muchacha lo único que había hecho era emborracharse y perder las zapatillas. Subieron en el ascensor, solos, mientras Helena se miraba al espejo y se reía cada vez más. Era una risa nerviosa, llena de expectativa. Él intentó contenerla, la tomó por la cintura para que se agarrase a él y ella se aferró a su abdomen. Martín siempre había tenido un abdomen definido y cuando sus manos lo rozaron a través de la ropa lo recordó desnudo en frente de ella. Una oleada de adrenalina le recorrió el cuerpo hasta las mejillas y su piel enrojeció en instantes. El corazón le latía con violencia y podía escuchar un pitido. Las puertas del elevador se abrieron y un pasillo largo se mostró ante ellos. Lo recorrieron en silencio, ella ya no reía sino que lo miraba como si fuese algo nuevo, tal vez el extraño de sus sueños. Llegaron a la puerta y Martín tomó su bolso entre las manos y buscó las llaves, ella trató de arrebatarlo pero él era más ágil y más veloz. <Yo lo busco> chilló y trató de llegar a él con torpeza. Martín la miró confundido, pero no le entregó ni el bolso ni las llaves. <Cálmate, Helena> le dijo mientras introducía la llave en la cerradura y la giraba. La puerta se abrió sin protesta, pero Helena no quería dejar las cosas hasta allí. <¿Qué haces?> Preguntó él al tiempo en que ella se quedaba en el umbral con una de sus manos acariciándole la mejilla. Se acercó con precaución, mirándole a los ojos hasta que ya nada los separaba. Martín sentía que el corazón le latía frenéticamente y siguió así cuando ella presionó sus labios sobre los de él. Había estado esperando que eso sucediese una vez más, añoraba besarla. Helena sabía a vino tinto mezclado con una sustancia dulzona, ella le acarició la lengua y se aferró a su camisa con desesperación. Él la abrazó desde la cintura y la alzó para que quedasen a la misma altura. Cada vez que Helena lo besaba, él se volvía una masilla en sus manos, ella podía hacer lo que quisiese con él, pero cuando la mujer intentó empujarse hacia el interior del apartamento, tuvo que detenerla inmediatamente. La soltó lentamente, con todo el arrepentimiento del mundo, y como pudo se alejó de sus labios. Ella trató de volverse aferrar a él, se sentía que se ahogaba sin sus besos, incluso si no eran los suyos los que buscaba.

-Helena, no- dijo casi en un susurro. Ella se detuvo confundida.
-¿Qué? ¿Por qué?
-Estás borracha y no quiero que te arrepientas en la mañana.
-¿De qué me voy a arrepentir?- dijo arrastrando las palabras.
-De mí, de nosotros- se llevó una mano al cabello y lo desordenó con gracia.
-¿Por qué me iba a arrepentir?
-Estás borracha, no piensas claramente- Helena hizo un puchero e intentó volver a sus labios -No, Helena- y la tomó por las muñecas -Si vamos a hacer esto es porque estás sobria ¿ok?- ella se negó a mirarlo, le ardían los ojos y quería llorar -Ahora entra y ponte la piyama.
-Tú no sabes si quiero hacer esto sobria- le replicó mordazmente. Estaba molesta y excitada, y no quería rendirse allí.
-No me lo recuerdes- dijo y soltó un suspiro.

Helena llevó la mano hasta el cierre del vestido y lo bajó rápidamente, se despojó de la prenda de satín rojo en un dos por tres y Martin pudo sentir como se le erguía el miembro. Helena tenía la piel blanca y rosácea, y la espalda llena de lunares que en algún punto memorizó. Las yemas de los dedos le ardían por las ganas, pero se contuvo. <Por el amor de Dios, Helena> resopló para sí mismo mientras ella se paseaba por el apartamento en ropa interior. Martín se apresuró a cerrar la puerta detrás de él y dejó los zapatos y el bolso a un lado de la puerta. No se quería ir, tenía tanto tiempo sin poder estar así de cerca de ella que todo en él lo empujaba a quedarse allí, incluso sin hacer nada. La observó corretear de un lado al otro, entró en la habitación y luego salió con dos piyamas, una en cada mano <¿cuál me pongo?> Interrogó y Martín señaló su mano izquierda. Ella asintió decididamente y se llevó la mano derecha al broche del corpiño, en menos de un segundo este cayó al suelo y sus dos pechos se quedaron en el aire, redondos y erguidos. Él se quedó sin aliento imaginando que podría acariciarlos una vez más, ella se acercó despacio, sabía que era suficiente para provocarlo. Se pegó a él hasta que Martín pudo sentir la presión de sus senos, él resopló mientras la lujuria se le acumulaba en el pene. No se movió, sino que dejó que su mano acariciar uno de los senos delicadamente. Helena cerró los ojos al contacto y jadeó cuando él lo masajeó dentro de una de sus manos. <Martín...> Resopló mientras la adrenalina hacía que le bajara el alcohol de la cabeza. Él la miró expectante, deseando que la situación fuese diferente. Le soltó el pecho y la abrazó rodeándola con ambos brazos, era su culpa que estuviesen así pero no quería empeorarlo. La besó en la frente y se quedó apretado a ella mientras pudo. Helena llevó las manos hasta la hebilla del cinturón y comenzó a jugar con el cinturón y el botón del pantalón. <Helena... Por favor> jadeó él, pero fue aplacado por la boca de la mujer. Sus labios lo besaron con lentitud, rosando su lengua con la de él, él la abrazó con más fuerza y la alzó lo suficiente como para que ella lo rodeara con las piernas. Helena terminó de desabrocharle el pantalón y llevó sus manos hasta el miembro excitado. Lo acarició y un cosquilleo le atravesó todo el cuerpo aumentando la excitación. Martín le devolvió el beso con pasión, hambre y deseo, introduciendo su lengua hasta el final. Ambos atravesaron la sala y llegaron a la habitación de Helena, ya habían estado allí antes y el recuerdo solo lo empeoraba. Martín la apoyó sobre el colchón sin despegar su boca de la de ella, respirándola, embebiéndose de su esencia. Ella lo soltó y le sacó el saco hasta que éste quedó en el suelo, empezó a desabotonar la camisa pero Martín, que ya estaba sobre ella en la cama, la detuvo. La tomó por las manos y se separó de sus labios. La habitación quedó en silencio, con ellos dos en el medio, Helena semidesnuda y Martín con el pantalón desabotonado y la camisa puesta a medias. Él suspiró mientras le miraba el rostro, apreciando cada detalle. Ella, desesperada, intentó reemprender los besos, sentía que era la única manera de ocultar bajo la alfombra el resto de sus emociones. Él la abrazó una vez más, acomodándolos a ambos en el centro de la cama. Tomó el cubre cama que estaba al borde del colchón y la cubrió con la tela. Ella quiso protestar, pero no le salía la voz. Se dejó abrazar por él, acariciar las mejillas y mientras el vino iba perdiendo efecto, el cansancio se le resumía en los ojos e iba perdiendo la capacidad de seguir despierta. Martín se quedó allí, inmóvil, temeroso de despertarla. Le acarició la espalda, los hombros desnudos, hasta llegar al borde de sus bragas. Eran nuevas, nunca antes las había visto. Tanteó el bordado y la tela, y se imaginó quitándosela, haciéndole el amor. Trató de quitarse el pensamiento de la cabeza, pero era imposible. Repitió el proceso una y otra vez hasta que se rindió ante el cansancio y ambos se quedaron dormidos.

***

El día en que Clarissa aceptó verlo una mañana, fue el día en que su vida se volvió una pesadilla. Julio era un desastre andando cuando lo conoció por primera vez. Tenía impulsos suicidas, depresión y ansiedad, y la mujer intuía que sus problemas emocionales venían de mucho más atrás, no de una ruptura emocional. No obstante, ese día se veía encantador, como si fuese alguien nuevo. La había citado en un café que quedaba cerca del centro cultural dónde trabajaba. El lugar era diminuto, pero tenía una hermosa terraza con vista a la ciudad y estaba decorado con enredaderas de vi que le hacían recordar una vez que estuvo en Italia. La última vez que había visto a Julio había sido durante su sesión, esa en la que Clarissa lo había desprendido de una mujer que le había dicho "te amo" entre sábanas, pero nada más. Por supuesto, él le había creído y cuando ella se fue para no volver una parte de él se fue con ella. Clarissa nunca antes había tenido una visualización tan violenta, pero había funcionado y ahora Julio estaba en frente de ella luciendo una sonrisa.

-Gracias por verme- dijo él en cuanto ambos se sentaron a la mesa.

-No tienes nada qué agradecerme, me alegro que estés mejor.

-Sí, sí, desde la vez que nos vimos estoy mucho mejor, de verdad que eres mágica- Clarissa lo miró sorprendida por el cumplido, pero no agregó nada más, solo se quedó en silencio -o sea... Literalmente- y soltó una risa nerviosa.

-De verdad lo dudo- le aseguró desviando la mirada.

-Es en serio, eres la mujer más mágica que he conocido- y llevó la mano hacia ella, pero Clarissa no respondió el gesto y sus dedos se quedaron repiqueteando en contra del mantel.

-Julio... ¿Para qué querías verme?

-Necesitaba hablar contigo, soy un hombre nuevo y he abierto los ojos- Clarissa escuchó esperanza en su voz -Si algo me llevó hasta donde tú estás es por algo- la mujer lo miró consternada, le llevaba por lo menos diez años y temía que estuviese hablando de amor.

-¿De qué estás hablando?

-Hablo de que durante la sesión te vi a ti y me di cuenta de que no quiero estar con más mujeres tontas que solo te buscan para pasar el rato- Clarissa apretó las piernas mientras una sensación de escalofríos le recorría el cuerpo -Tú en cambio...

-¿Yo?

-Sí, eres la mujer más maravillosa que he visto en toda mi vida- dijo con convicción.

-Pero apenas me conoces...

-Eso no es cierto- las lágrimas se le acumularon en los ojos - Cuando estás destinado a estar con alguien es como si lo conocieras de toda la vida- Clarissa se levantó apresurada -¿Qué como todos los domingos?- espetó decidido a no dejarla ir.

-Arroz frito del restaurante que queda al lado de tu casa...- dijo abruptamente y se llevó ambas manos a la boca atónita -¿Cómo...?

-No lo sé, pero debe significar algo...- la mujer no se quedó allí para esperar su razonamiento, dio media vuelta y se fue.

Tenía que admitirlo, una parte de ella quería quedarse, había algo extraño en toda la situación que la atraía a sus palabras y a la manera en la que la miraba, pero no confiaba en ninguna persona que tuviese el corazón roto. Se preguntó si tendría que ver con la sesión tan violenta que habían tenido o si solamente era que esos últimos días se había sentido más sola que de costumbre. La verdad, se venía sintiendo así desde que Pablo las había dejado a ella y a Helena. No quería admitirlo, pero había sido un golpe bajo. Y no quería ahogarse en esa sensación de soledad y abandono, pero cada día se le hacía más cuesta arriba. También por eso se había marchado, porque no quería hacer de alguien que estaba destrozado su balsa de salvación. Ni ella estaba en condiciones para estar con alguien, ni él tampoco.

Caminó a paso rápido en dirección al centro cultural, atravesó una callecita llena de locales pintorescos y bohemios, vendían ropa, zapatos, antigüedades, y libros. Se miró en el reflejo de las vitrinas y se vio demacrada. Se detuvo frente a la última tienda de la cuadra, esa que después de una calle comunicaba con la vieja casona que hacía de centro. Se dio cuenta de que no quería llegar cuando percibió la primera lágrima. No sabía en qué momento había comenzado a llorar y le pareció que no eran suyas las gotas que le brotaban de los ojos, sino de alguien más. Se le vino a la mente la imagen de Julio, no como lo había visto esa mañana, sino como lo había visto un par de días antes. No debería haberlo tratado, se reprendió a ella misma, pero luego pensó que tal vez hubiese terminado con su vida y no quería imaginárselo más. Dio media vuelta y se encaminó hasta su casa. Cruzó la calle hasta la otra acera. Ese lado de la ciudad solía iluminarse por las noches con un montón de bombillitos. Las luces colgaban de los faroles viejos que tenían tal vez cien años allí. Las estructuras de los locales eran viejas, de ladrillo, y le daba un aire pintoresco que no tenía ninguna otra parte que hubiese visto. A Helena le gustaba pasearse por allí de noche, comer helado. En año nuevo las luces eran de colores y puestos ambulantes vendían golosinas y comidas típicas de la región y la época. Faltaban meses todavía para eso, pero Helena se lo recordaba cada vez que pasaban por allí de noche. Clarissa se preguntó si Julio conocía ese tipo de sentimiento, porque se veía como una persona triste y no se lo imaginaba emocionado por nada. "Eso no es cierto" se dijo a sí misma, esa misma mañana, unos minutos antes incluso, él se había visto genuinamente feliz.

Los adoquines de la cera cambiaron abruptamente por lozas comunes y corrientes, estaba entrando en su vecindario. Ninguna casita era igual a la otra, aunque en un principio se notaba que habían tenido la misma estructura. Habían, incluso, casas que habían sido divididas por pisos y se habían convertido en pequeños apartamentos, la suya y la de Helena era una de esas. Pasó por el frente de un parquecito y cruzó a la izquierda. No había un alma en la calle, los niños estaban en la escuela y la mayoría de los adultos en sus trabajos. Ella debería estar en el centro, pero después de su encuentro con Julio no sentía que pudiese atender a nadie. Abrió la puerta y subió las escalerillas que la comunicaban con su piso, olía a grasa de comida y a detergente. Los escalones eran de madera y rechinaban cuando apoyaba su peso en ellos, no obstante, estaba feliz de llegar allí. Antes, cuando Pablo y ella estaban juntos, vivían en un lugar más cómodo y más bonito, pero se sentía en un molde de cristal que podría romper en cualquier momento. Lo único que le hubiese gustado que siguiese igual era no tener que pagar todas sus cuentas ella sola. Entró a su apartamento y dejó las llaves en la mesada que se encontraba en el recibidor, se quitó los zapatos   y caminó descalza por el alfombrado de la sala. El lugar era suficientemente grande para ella y para Helena, tenía una cocina que se comunicaba a través de un mesón con la sala comedor y al final de ésta podía encontrar un pequeño pasillo que daba con las dos habitaciones, un baño y la lavandería. Se recostó en el sillón y entrecerró los ojos por unos segundos hasta que ya no podía ver ni el color celeste de las paredes ni los cuadros de animales que ella misma había colgado.

Cuando abrió los ojos de nuevo le pareció que el tiempo se había detenido, observó el lugar como si fuese una cosa extraña, su casa parecía un lugar ajeno. Fue allí cuando lo vio, era Julio y cargaba en volandas a Helena con una sonrisa en su rostro. La niña reía a carcajadas, pero Clarissa tenía un nudo en la garganta que no la dejaba hablar. Le pareció escuchar que el hombre le preguntaba "¿Qué te ocurre?" pero ella no sabía qué ni cómo responder. Bajó a Helena hasta el suelo, con las dos coletas rubias y el vestidito verde que era su favorito, ésta salió corriendo y se ocultó entre gritos y risas en su habitación. Julio le acarició el rostro y la besó en la frente, ella no se movió así que él continuó. La besó múltiples veces, en las mejillas, sobre los párpados, en la comisura de los labios, en el cuello, en el lóbulo de las orejas, hasta que finalmente presionó los labios contra los suyos y Clarissa no tuvo fuerzas para moverse. Le acarició el cabello, los hombros, el cuello. Ya no se escuchaba a Helena gritar, estaban los dos solos, la estrujó contra sí e introdujo la lengua en su boca. Le rosó el paladar y jugueteó con su lengua mientras dejaba que su mano se adentrara por debajo de la franela, acariciándole el abdomen y la cintura. Ella no protestó, solo se quedó inmóvil mientras le parecía que fuesen otros dos los que interactuaban uno con el otro. La reclinó sobre el sillón y llevó su mano hasta su pechó, ella sintió un cosquilleo que le recorría el cuerpo y le dejaba vibrando la piel. Él lo volvió a hacer y ella encogió las piernas y apretó los dedos de los pies. Su respiración se volvió lenta y profunda, jadeante. Julio la alzó por las caderas y la puso sobre su regazo, le acarició el trasero por encima del jean y después por debajo de la ropa interior. Clarissa sintió sus dedos rozarle la piel y metió ambas manos por el cuello de su camisa, tanteó su espalda, cada músculo, cada espacio que encontró. Lo descubrió más excitante de lo que pensaba y se llevó consigo la prenda de ropa entera hasta dejar al hombre sin camisa. Lo observó por unos segundos, sin saber exactamente lo que hacía o porqué lo hacía. Él la levantó en el aire y la sostuvo por la retaguardia. Se adentró en el pasillo a oscuras y abrió la puerta de la habitación con el pie. La depositó en la cama y comenzó a repartir besos en su cuello y hasta su pecho, pero encontró que la ropa le estorbaba y se deshizo de la franela. Clarissa no reparó en él, estaba en un estado de éxtasis que nunca había experimentado. Cada trazo que él formaba sobre su piel, cada vez que el removía una prenda y jugaba con el trozo de piel que había debajo, ella sentía un cosquilleo en los labios de la vagina y el deseo inmenso de que la tocase allí, que la besara, que la lamiera, que la penetrara. Julio le mordisqueó el cuello y seguidamente bajó por su pecho hasta sus senos, removió el corpiño y besó los pezones, lo hizo con delicadeza y luego se llevó la punta a los labios. Comenzó con el izquierdo y cuando vio que la mujer vibraba ante el contacto, succionó levemente y saboreó la aureola. Clarissa contuvo la respiración y la dejó salir cuando repitió el proceso con el otro pecho. Temblorosa buscó sus manos, la tomó entre las suyas y la dirigió a través de su vientre, pasando por el pubis, hasta la entrepierna húmeda. Lo dejó que la sintiera excitada y mojada, deseosa de él. Él aceptó la invitación y le acarició la vagina con delicadeza, jugó con el borde mientras Clarissa contenía la respiración expectante. Julio introdujo los dedos lentamente y luego comenzó a moverse rápidamente en contra de las paredes y hacia adentro. Clarissa arqueó la espalda y soltó un gemido ahogado que no detuvo hasta que él hizo lo mismo. Cuando eso no fue suficiente, la mujer llevó las manos al pantalón del hombre y le desamarró el botón. Se lo bajó de un tirón, a lo que él hizo lo mismo con su jean y sus bragas. Ella lo tomó por el miembro, era grueso y no le cabía en la mano. Lo rodeó con las piernas y se aferró a él mientras lo guiaba entre su entrepierna húmeda por el flujo y el deseo. Él obedeció y ella soltó un sonido gutural cuando lo tuvo adentro. Julio se movía en círculos y cuando intentaba salir ella se aferraba a sus nalgas y le clavaba las uñas. Él se retiró un poco conteniendo el semen todavía dentro de él y se empujó hacia adentro con más fuerza. Los gemidos de Clarissa se escuchaban claramente y la cama rechinaba sonoramente cada vez que Julio volvía a hacer lo mismo. Después de un par de penetraciones, y ya jadeantes, húmedos, sudados y con la piel a fuego vivo, el hombre descansó sobre ella mientras la llenaba de semen. Ella no sintió nada, en cambio comenzó a percibirse más ligera y más fuera de sí. Lo abrazó por la cintura y lo escuchó decir <Te dije que estamos destinados a estar juntos>.

Cuando el eco de esas palabras desapareció, Clarissa estaba sola en el apartamento y era de día otra vez. El único recuerdo que le había quedado era una mancha que conservaba en el jean. Había sido un sueño, pero no supo si lo había sabido con certeza en el momento o no.

5. LUISA

Martín se había ido esa mañana de su apartamento después de darle un beso en la frente y mientras ella se encontraba todavía adormilada. Helena no sabía si lo había hecho porque tenía miedo de afrontarla estando sobria o si era porque de verdad tenía otro lugar en dónde estar. A decir verdad, estaba aliviada de que fuese así. De esa manera por lo menos podría acomodar sus ideas y encararlo apropiadamente. Ni siquiera a esa hora de la mañana, ya en medio de una de sus clases y con la cabeza fría, podía pensar en algo razonable para decirle o incluso hacer. La atracción sexual seguía allí, pero ¿Podría ignorar todo lo que había pasado entre ellos? E incluso si algo tan importante como el deseo seguía fluyendo entre ambos ¿Podía ignorar que estaba teniendo fantasías sexuales con alguien más? ¿Por mucho que se mintiera diciendo que era él el hombre de sus sueños? No quería admitirlo, pero tal vez salir con Martín en una cita después de tanto tiempo no había sido la mejor idea.

<Inhalen lentamente y regresen las rodillas al centro...> se escuchó a sí misma narrar. <Mantengan los brazos extendidos, palmas abiertas...> y la clase entera la imitó <ahora vamos a descansar el cuerpo... esta es la mejor parte> dijo, pero le costaba mantener el hilo de la clase. Tenía la cabeza en cualquier lado y cuando terminó en la posición del loto se dio cuenta de que había dejado de hablar y que todas las mujeres la miraban extrañadas. <Namasté> e ignoró las miradas confundidas. El salón era amplio y grande, tenía un hermoso piso de madera que sabía que pulían con frecuencia. No obstante, en esa clase había pocas alumnas, más jóvenes que en el resto. Se negó a levantarse y esperó a que la primera reaccionara. Un par de chicas comenzaron a hablar entre sí, y la tensión se diluyó en el aire. Helena soltó el aliento que

estaba reteniendo, dejó sus cosas en el suelo y salió disparada en dirección a la recepción. Estaba descalza y podía sentir la división de las tablillas debajo de las plantas de los pies. Amanda le había dicho al entrar que su madre la estaba buscando y eso solo contribuía al estrés. Rebasó a una pareja que caminaba por el pasillo que comunicaba con la sala principal y giró a la izquierda evitando el contacto visual con una de sus alumnas. Amanda tenía el cabello suelto en bucles sobre los hombros y un vestido tal vez demasiado corto. La única razón por la que todavía tenía el empleo era porque su mamá era la directora del centro y la prefería cerca que lejos.

-¿Llamó Clarissa otra vez?

-¿tu madre te refieres?- preguntó desde el otro lado del mostrador con la vista fija en el ordenador.

-Ella misma.

-Sí, preguntó por qué no le devuelves las llamadas y si estás viniendo regularmente al centro- apretó una mueca en los labios y la miró a los ojos.

-Esa mujer...

-Está preocupada, Lena. Creo que ya lo sabe... Lo que sea que te esté ocurriendo ya lo debe intuir.

-No me digas eso, Amanda- replicó Helena y se llevó ambas manos a la cabeza -De paso las cosas con Martín solo empeoran, casi me acuesto con él anoche- se desató el moño de *ballerina* que tenía en la cabeza y se masajeó la zona donde había estado la cinta.

-Tal vez tu problema es que no te hizo el amor en vez de que casi lo hizo- Helena miró en todas direcciones y solo vio a dos hombres hablando en la entrada.

-Voy a dejar de tener estas conversaciones contigo, Amanda. Eres terrible- pero comenzó a reírse nerviosamente y la mujer solo soltó una carcajada. Las voces se cortaron en el aire cuando escucharon el deslizar de las puertas automáticas de la entrada. Una mujer extremadamente delgada y de cabello negro en rizos atravesó la puerta. Llevaba una falda hasta los tobillos de estampados de colores y una franelilla que dejaba ver todo su corpiño. No se quitó las gafas de sol, ni reparó en nadie hasta que llegó hasta donde las dos chicas estaban.

-Buenos días ¿Podría hacer una reservación?- Helena y Amanda se miraron consternadas.

-¿Disculpe? ¿Desea reservar alguna clase?- interrogó Amanda.

-No, no- se quitó las gafas y dejó ver unos ojos castaños hinchados, rodeados por ojeras -Quiero ver a un especialista

-¿En...?- intervino Helena.

-Problemas... Amorosos- admitió con vergüenza y Helena se concentró en la mujer. Se sentía como el fondo del mar, era la única manera que podía describirla.

-¿Está buscando a alguien en particular?

-Si...- tomó una pequeña cartera que llevaba sobre el hombro entre las manos y Helena se dio cuenta de que sus manos no coincidían con el resto de su cuerpo, estaban arrugadas y llenas de manchas, no se parecían a sus brazos ni a su cabello o a su porte. <Le rompieron el corazón, pero no va a dejar que la gente se percate> se dijo. La mujer le entregó un papelito arrugado, envejecido, debía tener mucho tiempo en su cartera -Aquí tiene- en él aparecía la dirección del centro y el nombre de Helena. Hizo una mueca sin poder contenerlo y suspiró, no quería hacerlo, pero la mujer había tomado un montón de coraje para llegar hasta allí.

-Sí, yo soy Helena- le regaló una sonrisa -¿Desearías pasar a mi oficina?- la mujer la miró sorprendida y titubeó por segundos -No es con cita previa, solo hablamos y veo si te puedo ayudar- se explicó y seguidamente se encogió de hombros.

65

-Oh... Está bien- Helena se dio media vuelta, el aura de la mujer era demasiado predominante y no sabía si esta vez sus habilidades funcionarían.

El centro estaba lleno de gente esa mañana, estaban en los quince minutos que daban entre una clase y otra, y los pasillos se llenaban de gente conversando y riendo. El corredor que tomaron los llevaba justo al salón donde había dado su última clase. Helena dejó a la mujer en la puerta y rodeó el grupo de personas que se estaba aglomerando en el centro para la próxima clase. Tomó sus cosas y salió. Regresó al pasillo y guio a la señora hasta el final, donde se hallaba su pequeño despacho.

La puerta era angosta y el lugar todavía olía a incienso. Helena acomodó sus cosas sobre el sillón y encendió un sahumerio de inmediato. Se acomodó en el suelo con las piernas cruzadas y respiró profundo. La mujer miró en todas direcciones, incómoda, dio un par de pasos en su lugar y finalmente se quedó observando a la muchacha.

-Siéntese, por favor- pidió Helena calmadamente. La otra obedeció y como pudo, gracias a las plataformas en los pies, se sentó sobre la alfombrilla que decoraba el centro del cuartico. Volvió a respirar hondo, inspirando el olor del incienso y concentrándose en lo que la mujer la hacía sentir. Lo hacía para no entrar en la sesión desconcertada, para ver si podía evitar que ocurriera lo mismo que la última vez.
-¿Qué tengo que hacer?- preguntó la mujer.
-Necesito que se quite los zapatos, primero que nada.
-Oh... Claro, claro- y apresuró a sacárselos.
-Ahora ¿Cuál es su nombre?
-Luisa, me llamo Luisa- y apretó una sonrisa lastimera.

-¿Edad...?

-Treinta seis...- dijo casi inaudible.

-Muy bien... ¿Qué puedo hacer por ti? O ¿Qué esperas conseguir de mí?

-Yo...- y soltó una risa nerviosa -Yo normalmente no soy así... Pero hace seis meses mi novio me dejó, teníamos toda la vida juntos y él dijo que necesitaba saber quién era y se fue...- las lágrimas le inundaron los ojos -Yo pensé que él iba a regresar, pero ya no hablamos, ya no me ama... Ni siquiera sé si alguna vez me amó- Luisa se sacudió las lágrimas de los ojos y carraspeó para deshacerse del nudo en la garganta.

-¿Y qué es lo que quieres hacer ahora?

-¿Alguna vez ha sentido como le falta el aire y no puedes hacer nada para evitarlo? Así me siento y se supone que mejoraría con el tiempo, pero no...- dijo con una mueca en el rostro, tenía ganas de llorar, pero una sonrisa forzada le apareció en los labios.

-¿... Y quieres que esa sensación se vaya?

-Sí...- exclamó -El hermano de mi ex vino para acá y dijo que lo ayudó mucho, que sin usted su vida sería una miseria... Él me la recomendó.

-Primero déjame ver si te puedo ayudar- le explicó pausadamente.

-El dinero no es una molestia... Es decir, no soy rica, pero Lucas se ofreció a pagármelo y yo acepté.

-¿Lucas...?

-Sí, sí, mi ex cuñado, el que vino antes- Helena meditó en el nombre, era el mismo hombre que le había recomendado a Miguel sus servicios.

-Está bien, pero no es eso a lo que me refería...- se llevó una mano a la nuca -Verás, hay cosas que ni yo puedo reparar y no lo sabré hasta que lo intentemos.

-Oh... O sea que tal vez no haya nada que se puede hacer por mí- su voz se fue apagando lentamente.

-No quise decir eso- e hizo una mueca de compasión -todo lo que yo puedo hacer por ustedes lo pueden lograr sin mi ayuda, pero necesita trabajo, dedicación, fe y optimismo- se encogió de hombros -Desligarte de él, ser feliz con una vida separada de él, que tú misma seas suficiente para ti, eso lo puedes hacer por tu cuenta- Luisa meditó en sus palabras.

-Pero usted tiene una solución más instantánea ¿no?

-Sí, si funciona será instantáneo- se irguió y llevó ambos hombros hacia atrás.

-Entonces quiero intentarlo- sentenció decidida -No voy a llorar un día más- Helena asintió con la cabeza y respiró profundo.

-Vamos a empezar entonces- Luisa se acomodó en el suelo luchando con la tela de la falda.

-No, no, en esa posición no... Ponte en cuatro primero- Luisa quedó paralizada en su sitio y pensó por unos segundos antes de hacer nada. Llevó sus manos hasta el borde de su franelilla y se la quitó. Helena abrió los ojos como platos y balbuceó sin éxito antes de lograr formar una oración coherente -No... No necesito que te desnudes.

-Oh... ¡Lo siento!- exclamó cubriéndose el corpiño con la tela que tenía en la mano -Pensé que no tenía preferencia...

-¿Qué? No, no tiene nada que ver con eso ¿Qué clase de servicios cree tu cuñado que doy?- la miró horrorizada y Luisa se coloró desde los brazos hasta las mejillas -Ayuda espiritual es lo que te ofrezco- aclaró Helena y levantó ambas manos escandalizadas.

-Perdón, perdón- y se terminó de poner la prenda -¿me pongo en cuatro entonces?

-Sí, sobre tus rodillas y con las palmas sobre el suelo...- la mujer obedeció -abre un poco más las piernas, que queden paralelas a tus caderas... Eso- Helena cerró los ojos y se concentró en ella, la

escuchó respirar y su perfume se mezcló con el olor del sahumerio -cierra los ojos, inhala durante diez segundos y exhala por
otros diez.

Helena hizo lo mismo y se concentró en ella. La imagen de Luisa
apareció en sus párpados y luego nada, solo oscuridad. Se sintió
flotar en calma y finalmente sumergirse, tanto que después de
unos segundos la sensación fue remplazada por la certeza de que
se estaba hundiendo dentro de ellos, en un líquido espeso, los
oídos le pitaban y recordó que la mujer se le parecía al mar. Profundo y solitario. El líquido se aclaró, pero la sensación de ahogo
no desapareció. Helena se movió dentro del agua y salió a la su-
perficie después de nadar por unos minutos. Cuando salió ya no
estaba en su despacho ni era de día. Sabía que estaba teniendo
una visión y después de observar el lugar con atención se encontró con dos figuras a lo lejos, a la orilla del mar. Los vio besarse y
luego ella lo desvistió con manos temblorosas.

***

Luisa tenía 19 años cuando conoció a Nicolás, ella le llevaba dos
años de diferencia, pero fue amor a primera vista. Ella no tenía
intención de hacer algo al respecto, pero él la seguía a todas partes, la llamaba a toda hora y más de una vez la había intentado
besar. Nicolás era un chico moreno, de ojos grandes y atléticos.
La hacía reír, le secaba las lágrimas y cuando tenía pesadillas a las
3 a.m. era el único que respondía. Tal vez fue por eso que aceptó,
después de meses, que estaba locamente enamorada de él. Él ya
lo sabía, siempre había sabido que ella se moría por él. Y lo hacía,
cuando Nicolás la besaba, Luisa se derretía en su boca y por arte
de magia sentía la entrepierna húmeda y los labios de la vagina
excitados. Era como una droga para ella y cada día que pasaba se

conformaba con menos. Al principio eran besos inocentes en su habitación, cuando sus padres no estaban y su hermana estaba en la universidad. Después fueron besos más apasionados y jalones de ropa, hasta que ya no había prendas que quitar y Luisa quedaba sin corpiño y en bragas porque era lo único que se negaba a ceder. Nicolás era paciente, pero persisten, y sabía que se atrapaban más moscas con miel que con hiel. Por eso le endulzaba los oídos, lo besaba el cuello lentamente, con los labios abiertos, succionando de vez en cuando y hasta mordisqueándolo con malicia. Le acariciaba los pechos sobre la ropa, el trasero, la apretaba contra sí y abrazaba como si no pudiese tener suficiente de ella. Y por eso siempre quería más, quería recorrerle el cuerpo a besos, pero ella era esquiva y al principio no quería ceder terreno. Pero Nicolás era astuto y sabía cómo hacer que ella misma se quitara la ropa. Un día, Luisa se sacó la camisa y quedó en corpiño, él no dijo nada pero supo que así iba ganando territorio. Otro día se sacó el corpiño y probó y fue allí que probó por primera vez sus pezones. Estaban tensos, rígidos y Nicolás los lamió y succionó hasta que ella gimió de placer. <¿te duele?> Preguntó, y ella sin poder mirarlo a los ojos negó con la cabeza. Así que el pasó al siguiente y repitió el proceso, y Luisa se deshizo en sus caricias y en su boca. <Quiero besarte en todas partes> le dijo él mientras se deshacía de su pantalón y empezaba el primer sendero en su abdomen. Le acarició las caderas, la cintura, mientras la erección le quemaba en la entrepierna, sentía que iba a explotar cuando estaba con ella. Llegó al borde de sus bragas en intentó quitarlas con los dientes, pero ella lo detuvo inmediatamente y se giró para quedar por encima de él. Lo tomó por las manos y lo rodeó con las piernas. Lo único que los separaba eran el jean que él todavía cargaba y la ropa interior que no se había dejado quitar. Lo besó con pasión, le metió la lengua hasta el paladar y trazó una línea con sus delicados dedos hasta el pantalón. Lo desabotonó y se levantó solo lo suficiente como para retirarlo. Podía su pene erecto entre las piernas, pero sin importar cuan excitada estuviese, tenía miedo. Él trató de sacarse los calzoncillos y ella lo ayudó. Ambos se quedaron en silencio mientras ella detallaba el falo. Era grueso, tanto que no creía que cupiese dentro de ella, llevó sus dedos hasta él y lo escuchó dar un respingo cuando cerró los cuatro dedos sobre él. Podía escuchar su respiración profunda, agitada y excitada. Ella casi no podía respirar tampoco, él buscó su otra mano libre y la llevó a la base del pene. Al momento del contacto suspiró y le enseñó el movimiento que tenía que hacer, lentamente, de arriba a abajo. Ella buscó sus labios y lo sintió tembloroso, con la piel ardiente y totalmente vulnerable. Aumentó la velocidad y él la soltó y se aferró a las sábanas de la cama, con respiración entrecortada. Pero Nicolás no quería acabar allí, sino en ella, que lo sintiera, que ella gimiera, jadeara y fuese completamente suya. La detuvo antes de que fuese demasiado tarde y con hambre la besó en los labios. La apretó por las nalgas, sintiéndolas en la palma de su mano y por encima de las bragas. Introdujo sus manos debajo de la ropa interior y Luisa dio un respingo por el contacto con su piel. No lo pudo seguir besando, asustada, se levantó de la cama, buscó el corpiño y luego la blusa. Nicolás botó el aire con frustración y luego exclamó "¡Lo siento!". Ella, ya vestida, fue hasta él y lo besó con ansias. "No es culpa tuya".

Por eso es que en el día de su cumpleaños, cuando Nicolás cumplía los 18 lo invitó a una cita romántica frente a la playa. Tomaron el auto de su mamá y anduvieron por carretera más de tres horas, cuando llegaron estaba atardeciendo y los colores del sol se difuminaban en el horizonte, tocando el mar a lo lejos. Aparcaron en el lugar más privado que encontraron, armaron la carpa y sacaron la comida y las botellas del auto. Luisa se dijo a sí misma que no se arrepentiría y cuando no vieron a nadie ni siquiera a lo lejos, ella lo tomó por la mano y le dijo "ven, vamos a meternos al agua". Pero él no traía traje de baño y ella tampoco. Se quitó la blusa y el short en frente de él y cuidando de que no hubiese espectadores lo despojó de los bermudas y de la camiseta. Se metieron al agua entre chapoteos y risas. Hacía calor y el agua no estaba demasiado fría. Olía a brisa de mar, el viento se le pegaba en la piel y escocía cuando entraba en contacto con la sal en todo el cuerpo. La arena brillaba como oro en contra de la luz del sol y se sentía suave bajo los dedos de sus pies una vez que el agua les llegó un poco más abajo del nivel de los hombros. Nicolás la observaba con el corazón latiéndole a mil kilómetros por hora y en cuanto la vio quedarse en ropa interior pudo sentir la erección quemándole la entrepierna. Se aguantó las ganas de comérsela a besos, de probar cada parte de ella, su boca, su cuello, sus hombros, sus pechos, su clítoris. Su mente iba tan rápido como su corazón, pensando en todas las posibilidades para embeberse de ella, de hacer suya. Ella lo rodeó con sus brazos y él inmediatamente la atrajo incluso más en un abrazo. Pudo sentir sus pechos a través del corpiño rosa de encaje, su olor a tulipanes mezclado con arena y mar, el calor de su vientre rozándole el miembro erecto. Luisa lo besó sin timidez, con lujuria, apasionadamente. Él la correspondió y se ahogó en el sabor de su lengua rozando la suya. Sus manos se deslizaron por la curva de su trasero, acariciando sus nalgas, grandes y redondas, firmes pero manejables, ella jadeó en su boca por el contacto y a la expectativa de tenerlo dentro de sí. Los labios inferiores le tintineaban y subió la primera pierna a un costado de Nicolás, él la agarró con firmeza por los glúteos y la alzó lo suficiente como para que ella lo rodeara con las piernas. Luisa sintió su pene entre las piernas y sus caderas comenzaron a moverse rítmicamente y con lentitud, de arriba a abajo, rozando con deseo el miembro del muchacho. Tenía ganas de que le hiciera el amor desde que se quedaron solos por primera vez y Nicolás la besó con tantas ansias que se sintió deseada por primera vez en su vida. Luisa llevó ambas manos hasta su espalda y ella misma se deshizo del brasier. La prenda flotó sobre el agua y Nicolás se apresuró a agarrarla con una mano. Quiso tirarla hacia la orilla, pero ella no lo dejó. <Vamos a la carpa> le dijo excitada en el oído y él obedeció como si fuese su esclavo. La apretó más hacia él mismo y ella se sostuvo fuerte a su cuello y a su espalda. Salieron de la playa chorreando y fue allí que Luisa se dio cuenta de que su vagina había comenzado a lubricarse por el deseo. Se sintió más húmeda de lo normal y se negó a separarse de la boca de Nicolás cuando éste la depositó sobre la arena, a un lado de la tienda. Ella se dio la espalda y comenzó a abrir la tienda con las manos apresuradas. Él le observó la espalda completamente desnuda, bronceada y llena de unas pecas y lunares que le parecían más constelaciones que otra cosa. Le masajeó los hombros y le besó la nuca. El cierre cedió y la carpa se abrió para ellos. Ella se tumbó de espalda una vez adentro y lo observó expectante, él no hizo más que lanzar su corpiño al interior y mirarla, escaneando la redondez de sus pechos, el color de sus pezones, la manera en que sus caderas de marcaban sobre la carne. Ella se quitó las bragas mojadas y le mostró el pubis levemente arreglado. Él la deseó incluso más, pero se contuvo, no quería que se notara lo mucho que ansiaba ese momento. Ella le abrió las piernas por completo y él pudo apreciar sus labios y la entrada hecha solo para él. Sentía que se iba a deshacer en mil pedazos y se apresuró hasta ella y le repartió un par de besos sobre el vientre. Ella se recostó completamente sobre el suelo cubierto de sabanas y cobijas que había sido puesto previamente y se concentró en su aliento, en la presión de sus besos en contra de la piel de su abdomen y cómo la boca de Nicolás iba deslizándose poco a poco hasta llegar hacia su pubis que también besó. Con las puntas de los dedos le acarició los labios inferiores y saboreó el momento antes de posar su boca sobre su vagina. Ella lo aguardaba respirando pesadamente y era lo único que podía escuchar en ese momento. Introdujo su lengua a través del orificio y ella jadeó por el contacto, él jugo con las paredes de su vagina lentamente y comenzó a succionar mientras se alternaba con pequeños besos y lamidas. Ella lo tomó por la nuca y se aferró a él, no era suficiente, ni siquiera cuando él llegó a su clítoris y ella gimió de placer. Una vez, dos, tres veces. Él le masajeó los pechos y cuando ella estaba al borde del colapso retomó el sendero hasta su vientre y luego hasta su boca. Ella se aferró a él por las nalgas, debajo de los calzoncillos, y entre jadeos e imploraciones incoherentes él se quitó los calzoncillos y se acomodó sobre ella, entre sus piernas. La rozó con la punta primero y Luisa dio un respingo cuando lo sintió tan cerca pero tan lejos. Después lo metió por la mitad y lo volvió a sacar mientras la sentía estrecha y virgen. Ella respiraba con pesadez y soltaba gemidos ahogados cuando lo sentía. La segunda vez si entró por completo y Luisa, llena de sudor y sofocada por la lujuria y el deseo, gimió con sonoridad. Él se quedó allí adentro, penetrándola, sintiéndola, moviéndose para alcanzar su clítoris hasta que ella se volviese loca por la espoleada del orgasmo. Le clavó las uñas cuando se retiró unos centímetros y la penetró incluso más adentro al regresar. El cuerpo le ardía y una ola de placer le recorrió el cuerpo, se aferró a sus glúteos creyendo que se desvanecería, pero no. El mundo seguía allí, él seguía allí, besándola con dulzura y pasión al mismo tiempo. Acariciándole los brazos y tomándola por las manos. Se volvió a retirar y la envistió por última vez antes de acabar dentro de ella.

***

Helena sintió el líquido entre sus piernas y abrió los ojos inhalando una bocanada de aire. Escupió y se dobló flexionando las rodillas. Era como si pudiese experimentar el dolor de haber perdido la virginidad una vez más. No era intenso pero si le provocaba una incomodidad aguda entre las piernas. No sabía dónde estaba y después de varios segundos parpadeando, pudo captar los colores rojizos y brillantes en su despacho. No estaba sola y el incienso ya se había apagado. Miró en todas direcciones y vio el rostro de su madre, contraído por la preocupación, seguido por el de Amanda ya en la puerta, el cuerpo esbelto de Luisa. Se veía muy vieja en comparación con la niña de 19 años que había visto.

-No sabía a quién más llamar- le susurró Amanda y Helena se enfocó en Clarissa.

-¿Cómo te sientes, Lena?

-Bien, ya estoy bien- balbuceó e intentó levantarse de un tirón, pero estrellitas aparecieron en su visión y tuvo que sostenerse del sillón y recostarse junto a sus cosas.

-Señorita Helena...- interrumpió Luisa -¿Qué fue lo que ocurrió?- ella no supo qué responder y miró de par en par a Amanda y a su madre.

-Tranquila, querida. Éstas cosas pasan cuando no es una ciencia exacta- le regaló una sonrisa apretada y le dirigió una mirada cómplice a Amanda.

-Yo te voy a terminar de atender- se levantó y avanzó hasta la puerta -ven, acompáñame a recepción. Ambas mujeres se movieron y en cuanto el resonar de los tacones de Amanda desapareció, Clarisa volvió el rostro hasta su hija y se levantó con los labios fruncidos.

-¿Por esto es que ya no atiendes mis llamadas ni quieres verme?- se cruzó de brazos y levantó una ceja inquisitiva. Helena carraspeó y se incorporó sobre el sillón.

-Mamá...- y votó un suspiro desesperanzador.

-Estoy esperando que me digas por qué hiciste algo tan tonto.

-Necesitaba el dinero...- intentó decir.

-No- sentenció enérgicamente -la verdad.

-Mamá, es en serio.

-¿Vas a esperar que yo crea que hiciste algo tan peligroso por dinero? Después de todo lo que ocurrió con Julio- tan solo decir su nombre era doloroso.

-Mamá, lo que pasó entre Julio y tú fue algo único. No nos va sucediendo a todos...- Clarissa la paró con el dedo índice levantado.

-¡Te puede suceder a ti! No me importa el resto del mundo, me importas tú- exclamó tan fuerte que Helena sabía que Amanda las había escuchado en recepción -Helena, ya eres adulta. Sé que no puedo hacer que creas algo de lo que te digo después de todo lo que pasó, pero lo hago por tu bien. Lo que me pasó a mí tal vez sea nada en comparación con lo que te ocurra a ti si continúas atendiendo gente de esta manera. ¡Por el amor de Dios! Te encontramos desmayada en el suelo ¿Cómo no quieres que me preocupe?

-¡Mamá, mamá!- la frenó Helena —Perdón ¿Ok? Tienes razón. Yo solo pensé que podía... Madame lo hace y no parece la gran cosa- su voz se fue deshaciendo en el aire.

-Lena, Margaret no hace las cosas como nosotras. Sus habilidades son diferentes y ella escogerá cómo las utiliza. No le puedo decir nada a ella más de mis comentarios inoportunos que ella tanto odia. Pero tú eres diferente, Lena, eres mi hija y tienes el mismo don que yo. Todo lo que hayas sentido yo lo he sentido, sé que quieres ayudar a las personas, yo lo quise en su momento. Pero todo tiene un precio y normalmente lo pagamos nosotras- Helena asintió cansada. No quería discutir y tampoco quería seguir viendo esa expresión en el rostro de su madre.

-Está bien, Mamá. Yo lo arreglo- aseguró mientras se llevaba una mano a la frente.

-¿Quieres que te acompañe a casa?- interrogó Clarissa abandonando el otro tema.

-No, no. Estoy bien, de hecho, creo que voy a llamar a Martín para que hablemos un rato.

-¿Sigue todo muy complicado?

-Más o menos, no lo sé- se encogió de hombros y pasó ambas manos distraídamente sobre la tela del sillón -Creo que metí la pata anoche y quiero ver cómo lo resuelvo.

-Está bien, me llamas cualquier cosa- se acercó a ella y le dio un beso en la frente. Le acomodó el cabello detrás de la oreja y dijo antes de marcharse -¿No estarás teniendo sueños fuera de lo común verdad?

6. SEGUIMOS EN CUATRO

<Seguidamente nos ponemos en cuatro> la voz de Clarissa resonaba por todo el salón <los brazos y las piernas alineados con las caderas. Bien extendido y con la espalda recta> <Inhalamos lentamente, por diez segundos y botamos el aire por otros diez segundos más. Que nuestra espalda se curve hacia arriba con cada inspiración y seguidamente el pecho hacia abajo y los hombros rectos y hacia atrás> Clarissa se paseó lentamente por la habitación llevando el ritmo de sus propias palabras <Visualicen su energía y como fluye dentro de ustedes, sus chacras se conectan entre ellos, y a ustedes con el universo entero. No tenemos estrés, ni dolores de espalda, ni músculos contraídos. Respiramos hondo y nos llenamos de todo lo bueno de este mundo. Lo contenemos y finalmente expulsamos todo lo malo que estaba dentro de nosotros> Ese día habían ido solo siete alumnos, cinco mujeres y dos hombres. El salón estaba desierto y Clarissa se volvió instantáneamente hacia la puerta cuando Julio se asomó tímidamente y se le quedó mirando sin poder disimular. Ella perdió el hilo de lo que estaba diciendo y pasó inmediatamente a la posición de descanso. Se excusó con ellos y marchó descalza a la salida, no sin antes dejar a sus alumnos practicando el arte de la meditación.

-Gracias por verme- dijo él apresurado.
-¿Qué haces aquí? ¿Es demasiado urgente? ¿Algo ocurre?
-Tenemos que hablar. Necesito que hablemos- enfatizó y Clarissa se lo llevó hasta el salón de clases más cercano y vacío.
-¿De qué quieres hablar? Ya te dije todo en el café de ayer.
-Y yo argumenté un punto muy importante un poco más tarde- Clarissa se quedó fría al recordar las escenas intensas de su sueño ¿Sería posible que él lo hubiese tenido por igual?
-No sé de qué me estás hablando.

-Clarissa...- suspiró acercándosele lo suficiente como para poder olerla. El recuerdo del sueño la mareaba de excitación y no quiso imaginarse las cosas que podrían hacer allí -Dime que recuerdas....- murmuró con el aliento pesado y empalagoso —No me estoy volviendo loco, tú sabes a hierbas aromáticas y lavanda. No me lo tengo que imaginar, porque sé a lo que saben tus senos y tus labios- le acarició la boca con un gesto mínimo y ella quedó petrificada en su lugar. Sus dedos destilaban una especie de energía que solo ella era capaz de percibir cuando la tocaba con la yema de los dedos.

-Por favor...- soltó ella.

-Clarissa... Déjame que te lo demuestre. Te lo dije ayer, dos veces... estamos hechos el uno para el otro. Mírame- le sostuvo el mentón y la besó con los ojos, estaba esperando ese momento desde hacía siglos.

-Por favor...- repitió, pero no supo si le pedía que la besara o si quería deshacerse de su agarre. No se movió y él avanzó rápidamente hacia sus labios y presionó los suyos con ansias. Clarissa gimoteó al contacto, recordaba sus besos, pero su mente no terminaba de comprender de dónde. Julio la atrajo hacia él por la cintura y la abrazó como si el espacio entre ambos fuese todavía demasiado.

Intentó hablar pero tenía su lengua en la garganta, lo empujó débilmente con ambas manos, pero cuando no se removió con facilidad lo atrajo agarrándolo por el cuello de la camisa. Julio la alzó en el aire y la sostuvo por las nalgas. Avanzó hasta la pared más cercana y la pegó en contra de ésta. Clarissa dio un manotazo desesperado en contra de la puerta que estaba a un lado hasta encontrar el seguro y embocarlo en su lugar. Lo abrazó por el cuello, desesperada y sin poder contenerse. Un fuego le recorría la piel y flashes de su encuentro anterior le disipaban todo el auto control que tenía. Sus besos eran desesperados, como las bocanadas de aire de un hombre que se estaba ahogando en el mar. Julio desvío sus labios hacía su cuello y suspiró hondamente cuando lo sintió en la piel ardiente y sudada por el ejercicio de su clase anterior. Se deslizaron por la pared hasta quedar en el suelo de madera. Ella buscó los botones de su camisa y torpemente empezó a desabotonarla. Cuando se la quitó, él hizo lo mismo con su camiseta, se deshizo de ella por el cuello y continuó el caminó que había comenzado en su cuello hasta sus pechos. Los apretó primero y ella suspiró a la primera señal de presión. El introdujo la mano debajo del corpiño y ella sintió sus dedos acariciale la curvatura de uno de sus pechos para después apretarlo en su palma. Jadeó y buscó sus labios. Él se negó y en cambió la observó deshacerse en su agarre, la manera en que temblaba como si fuese una virgen otra vez. Lo era para él, se dijo a sí mismo y continuó excitado. Llevó las manos a la espalda y desabrochó el brasier. Ella quedó expectante con el pecho desnudo ante él. Julio admiró ambos senos, llenos, redondos y con los pezones rosáceos. La última mujer que había amado era de pechos pequeños pero ésta era voluptuosa y atlética. Tomó uno con ambas manos y se lo llevó a la boca, la erección se intensificó cuando lo pudo sentir en la lengua y comenzó a succionar. Ella soltó un gemido ahogado y se agarró a los músculos de su espalda. Succionó con más fuerza y ella dejó salir un gemido sonoro. Julio llevó una mano a su rostro y le tapó la boca para acallar un poco el sonido. Ella, que ya no pensaba claramente, siguió emitiendo jadeos y gimoteos que solo se intensificaban con cada vez que él se llevaba un pezón a la boca. Clarissa tenía los pechos hinchados cuando él terminó y siguió su camino hacia el vientre y luego hacia el borde del pantalón, lo removió con ambas manos y ella no pudo protestar. Clarissa reconoció la sensación entre las piernas, el flujo, el sudor, el deseo. El cuerpo le temblaba cuando lo ayudó a quitarse el pantalón y la prenda rodó por el suelo, lejos de ellos. El piso era duro y los tablones rechinaban por el peso, pero a ninguno de los dos le importó. Ni eso, ni que las cortinas del ventanal que daba al jardín estuviesen abiertas. Ella misma se deshizo de sus bragas y Julio la tomó por las manos y entrelazó sus dedos a los de ella. La extendió en el piso y admiró su cuerpo, las curvas, el vello, el pequeño ombligo en medio del abdomen trabajado. El abultado de sus pechos y las piernas abiertas invitándolo mientras ella respiraba con dificultad. Se puso sobre ella y continuó besándola, mordiéndole los labios y luego el cuello, lamiéndola y chupándola donde encontraba espacio. Clarissa lo agarró por las nalgas, le removió los calzoncillos y lo pegó a ella, se acomodó debajo de él y subió las rodillas hasta sus hombros donde él la sostuvo al momento de penetrarla por primera vez. El eco de su voz resonó en el salón vacío cuando lo sintió adentro. Una oleada de fuego le inundó el cuerpo y se negó a dejarlo ir. Él se apoyó sobre sus rodillas y se hundió más en ella, penetrándola ahora lentamente, moviéndose de un lado a otro hasta que la escuchó gemir con fuerza y supo que había llegado. Se quedó allí, conteniéndose, concentrándose en el momento en que la había hecho suya. No le importaba el resto del mundo, solo ella, que era suya y viceversa.

***

Helena se quedó dormida esa noche con la ropa de salir y los ojos hinchados de llorar. La conversación con Martín había sido un desastre, ella no supo qué decirle y él lo intuyó inmediatamente. Suplicó, lloró y rogó, pero ella ya no podía seguir mintiéndole. No le dijo por qué ni cómo, eran cosas que no podía explicarle. Solo que la razón por la que lo había llamado el día anterior era porque necesitaba olvidarse de alguien más, y pensó que podían volverlo a intentar. Se mordió la lengua por haber sido tan honesta y aunque le dolía el corazón de verlo así, recordó todas las veces que había sido de la manera contraria. Helena no entendía por qué Martín se comportaba de esa manera cuando meses atrás ella era quien tenía que llorar, suplicar y rogar. Esa noche, Helena no sabía por qué estaba llorando, pero intuía que tenía que ver con Luisa y con Miguel.

Lo primero que distinguió al entrar en el sueño era que el lugar era el mismo que en el que el hombre misterioso y ella habían hecho el amor por primera vez, si es que lo podía describir de esa manera. Siguió por el mismo sendero, pero se detuvo a mitad de camino al verlo en el medio. Se preguntó si podría recordar cómo se veían cuando despertara, o si se difuminaría rápidamente como las veces anteriores. Él no se acercó a ella, sino que se quedó dándole la espalda hasta que Helena reunió el coraje y lo afrontó. Su rostro se le hacía inmensamente familiar, pero definitivamente no era Martín. Tenía unos risos oscuros y una nariz recta y prominente que lo hacían verse serio. Una sensación de deja vu le recorrió el cuerpo y llevó una mano hasta su rostro. Él se movió instintivamente ante el contacto y cerró los ojos, azules y brillantes. Él se quedó con las palabras en la boca mientras ella se acercaba y analizaba el rostro. Sentía los párpados adormilados y el cuerpo pesado, pero no quería rendirse allí, necesitaba sacarse el nombre de la punta de la lengua.

-¿No sabes quién soy?- ella no dijo nada ni se movió, solo reconoció la voz de las veces anteriores en las que le había pedido que le dijera que le quería -Helena, eres cruel conmigo- le espetó y luego besó la palma de su mano.
-Dime tu nombre- le rogó ella, pero él se mostró reticente a hacerlo.

-Ya lo sabes, ya me conoces ¿Por qué me olvidas?

-No te olvido, solo no te conozco- él negó con la cabeza y acercó su boca a la suya, pero no la tocó.

-Yo jamás podría olvidarte- rozó su brazo con el dorso de la mano —Me salvaste la vida, Helena- ella parpadeó aturdida.

-Yo…

-Helena…- le suspiró sobre los labios y sintió el ardor recorrerle el cuerpo. Avanzó hasta él llena de deseo, pero él se retiró lo suficientemente rápido como para dejarla con las ganas en la boca —Di mi nombre, Helena.

-ah…- balbuceó con la respuesta en la punta de la lengua. Él la tomó por la cintura, pero dejó el espacio necesario para acariciarle el vientre y jugar con el borde de la piyama.

-Si no dices mi nombre…- dijo con la voz excitada mientras introducía sus dedos debajo de la ropa interior y se acercaba a sus labios.

-L….- balbuceó muerta de lujuria. Él la penetró con fuerza y ella se deshizo en su agarre. Cerró los ojos y trató de concentrarse en la sensación, pero cuando los abrió de nuevo él había desaparecido y solo quedaba una habitación a oscuras y un nombre a medias.

Lucas. ¿Tenía sentido que estuviese apareciendo tanto últimamente? Trató de visualizar su rostro, pero era un rostro borroso en su vida. Se preguntó si le estaba ocurriendo lo mismo que le había pasado a Clarissa con Julio, pero le daba miedo solo pensar que algo como eso le pasara. Si era así entonces no sabría cómo explicárselo a su madre. Lo pensó bien entre adormilada y preocupada, Miguel había llegado allí por él, Luisa igual. ¿Acaso le estaba mandando señales? También podría ser todo una jugarreta de su mente, después de todo Luisa lo había mencionado esa misma mañana. Por instantes quiso creer que su primera teoría era cierta, la parte morbosa y excitada de ella lo anhelaba. No obstante, la parte racional no podía dejar de pensar en las consecuencias de si era realmente así.

***

-¿Lo vas a llamar?- preguntó Amanda en voz alta. El día era caluroso y húmedo, y el café que quedaba a solo unas cuadras del centro estaba lleno de gente buscando bebidas frías y la brisa de la tarde.

-No lo sé- tenía el número telefónico escrito en un papel que había arrugado con ansiedad todo el día.

-Si realmente es Lucas, que podría ser porque era todo un bombón, entonces Miguel te puede decir cómo encontrarlo- lo meditó unos segundos y volvió a arrugar el papel, y se lo metió en el bolsillo.

-Es una mala idea, Amanda. Si fuese él, entonces él mismo me hubiese encontrado ¿Y si solo estoy loca?- la otra negó con la cabeza -¿Qué hago...?- comenzó, pero se calló abruptamente al ver cómo la delgada y diminuta figura de Lilly atravesaba el saloncito que daba a la terraza. Amanda se dio la vuelta instantáneamente y se dio cuenta. Helena no hablaría de eso en frente de Lilly, pero lo sabría disimular. Era el acompañante lo que la tenía atónita.

-Debes estar bromeando.

-Me voy a volver loca- soltó Helena en un suspiro.

-¡Lena!- chilló Lilly y la abrazó sin dejar que se levantara. Miguel les sonrió a las dos, pero no hizo ningún comentario —Ya conocen a Miguel- lo tomó del brazo y soltó una risita.

-Claro, claro- dijo Amanda.

-Es un gusto volver a verlas- el hombre se veía completamente diferente. El traje se le ajustaba a la perfección, caminaba erguido y la panza al final del abdomen había desaparecido o por lo menos se disimulaba mucho mejor.

-Sí, sí- asintió Helena sin poder creerlo –No pensé que te volvería a ver- se llevó una mano al bolsillo del short y apretó el papel.

-Yo tampoco…- soltó él alegremente –Pero ayer me encontré con Lilly y me dijo que te conocía y que esperaba que estuviese mucho mejor- Las dos mujeres que todavía estaban en la mesa asintieron sin palabras y lo dejaron continuar –Ella es realmente fantástica- dijo y le dio una palmadita a Lilly sobre la mano que todavía se aferraba a él.

-Me… me alegro- tartamudeó y buscó las palabras para invitarlos a sentarse. Se quedó un par de segundos sin saber que decir y con la mano extendida señalando dos asientos más -eh…

-¿Se quieren sentar?- intervino Amanda con expresión divertida y Helena supo inmediatamente hacia dónde se dirigía la conversación. Los dos aceptaron y obedecieron. La rubia le dio un sorbo a su limonada y esperó por lo peor.

El lugar era pintoresco y estaba allí desde antes de que ella misma naciera. Su madre la llevaba a ese lugar desde que era una niña y estaba segura de haber tenido un cumpleaños o dos festejado en ese local. Lo que más se le hacía familiar era la terraza llena de enredaderas que se entrelazaban a tablillas de madera y pequeñas florecitas que coloreaban toda la escena. Un mesero se acercó a su mesa y Lilly y Miguel hicieron su pedido. Helena estaba mordiéndose la lengua para no cometer ninguna imprudencia. Sabía que si preguntaba algo no solo se descubriría lo de Lucas, sino además el hecho de que parte de su trabajo era poner a la gente en cuatro y hacerlas olvidar lo que en algún momento pensaron que sería el amor de su vida. Lilly pidió un sorbete de limón, mientras que Miguel una gaseosa grande y una torta helada. Si algo podía salvarla era que estuviesen tan concentrados en deshacerse del calor y que ninguno preguntara nada vergonzoso o conocedor.

-¿Y cómo supiste de Lena?- interrogó Lilly de la nada después de tragar una cucharada de helado.

-Mi amigo Lucas me la recomendó- la rubia tragó hondo y esperó por lo peor –Dijo que después de lo que él había pasado con Sabrina, Helena le había salvado la vida y que si alguien podía arreglarme era ella- le dedicó una sonrisa agradecida a la mujer y se concentró en Lilly una vez más.

-Que dulce ¿Es el amigo que me dijiste que se quería suicidar después de todo lo de la novia, no?- Miguel asintió y le ofreció con un gesto un pedazo de su torta.

-Ese mismo.

-No pensé que Helena fuese tan habilidosa con todo eso de los chacras- masculló Lilly intrigada.

-No sé nada de chacras- argumentó y luego soltó una risita nerviosa –Pero desde el momento en que Helena me puso en cuatro y me fue guiando, creo que no he vuelto a ser el mismo de antes...- Amanda escupió un chorro de limonada por la nariz y tosió con fuerza. Lilly lo miró sorprendido y con los ojos de par en par. Inmediatamente se escuchó el golpe seco de la mano de Helena contra su propia frente -...Pensé que iba a estar enamorado de Paola por el resto de mi vida, pero gracias a ella y sus habilidades ya no pienso más en ella- La risa sonora y estruendosa de Amanda se escuchó hasta la calle. Lilly miró a Miguel y a Helena de par en par.

-Por favor... Miguel- le rogó incómoda -Lilly no tiene que saber los detalles.

-Oh… claro, claro- se apresuró a aceptar y se rascó la parte posterior del cuello en un gesto de nerviosismo.

-Ya va…- murmuró Lilly -¿Ustedes dos se acostaron?- su voz se escuchó sobre el resto de las voces en el café. Por un par de segundos miradas curiosas se posaron sobre su mesa y Helena rebuscó entre la multitud a algún conocido. No había nadie.

-¿Qué? ¡No!- exclamó ella horrorizada. Miguel rio con jovialidad y la trató de tranquilizar con el contacto de su mano sobre su antebrazo.

-Helena tiene métodos sobrenaturales para ayudarte a sacarte a alguien de la cabeza- Lilly los miró incrédula.

-¿Qué?- balbuceó sin comprender -¿Qué haces exactamente con esta gente, Lena?- interrogó con una sensación de incomodidad en el pecho.

-Lilly, espera. No tomes conclusiones apresuradas- Miguel las miró sin entender lo que ocurría y decidió callarse finalmente.

-¿En qué estás metida?- fue lo único que le salió.

-Acompáñame al baño ¿Te parece?- se levantó rápidamente y tomó a la muchacha por la mano.

Helena no sentía que pudiese hablar en ese lugar sin tener que gritar sobre la multitud. La llevó hasta el baño de mujeres y juntas atravesaron las mesas y sillas hasta llegar a la puerta del baño. Era pequeño, con tan solo dos cubículos y un par de lavabos frente a una lámina de espejo. La iluminación era incandescente y la habitación olía a desinfectante mezclado con fluidos humanos que ninguna de las dos quería adivinar. Una vez en la quietud del cuartico ninguno se atrevió a hablar primero. Helena se le quedó mirando, esperando por alguna pregunta significativa mientras intercambiaba miradas con su reflejo en el espejo. Después de unos segundos agonizantes Lilly soltó una exclamación.

-¿Qué?

-¿Qué de qué...?- fue todo lo que le salió a ella.

-¿Qué ha pasado allí afuera? ¿Qué es todo eso de poner en cuatro a un cliente? ¿Qué es todo eso de tener clientes de ese estilo?- se corrigió a ella misma.

Lilly, por Dios, no creas nada que no es.

-Entonces dime, mujer- demandó de brazos cruzados -¿Qué es todo eso de métodos sobrenaturales? ¿De cuándo acá te convertiste en una... una... bruja?- las palabras le salieron forzadas y atropelladas, no sabía cómo preguntarlo.

-¿Qué me dirías si te digo que tengo... algo así como poderes?- su voz era casi inaudible.

-Te diría que estás más loca que una cabra ¿Desde cuándo?- gritó indignada —Ya va, eso no es lo más importante- la detuvo con un gesto de la mano antes de que pudiera responder —Si de verdad tuvieses poderes por qué me vengo enterando ahorita ¡Y por un completo extraño!- chilló.

-Ok, no son poderes como tal. Ese término no... no va- ambas escucharon el sonido de la puerta y ambas se callaron abruptamente. Una muchacha joven entró, les regaló una sonrisa apretada y se metió en el primer cubículo -Sé que te va a sonar loco y tal vez es por eso que no te lo dije, pero hay cosas que puedo hacer que la gente normal no. Eso es lo que hago por mis clientes, es una especie de gurú o chamán o sanador o lo que sea...- le explicó en un susurró y esperó por una reacción, pero no encontró nada —Mis clientes son personas que están atadas emocionalmente a otras y yo puedo... puedo desatarlas, tal como hice con Miguel- se encogió de hombros.

-Sí, estás más loca que una cabra- frunció los labios y meditó en todo lo que había escuchado por un segundo -Está bien, te creo- Helena la miró sorprendida -¿Por qué me miras así? Ni que me estuvieses diciendo que puedes traer gente muerta a la vida- Lena abrió los ojos como platos —Ya va ¿Puedes hacer eso?- y la tomó por un brazo a punto de creerle. La otra negó con la cabeza, pero no se deshizo de la expresión -¿Entonces?

-Yo solo pensé que... que ibas a creer que estoy loca.

-¿No me escuchaste? Estás de remate, mujer- dijo y soltó una carcajada —Pero no voy a quererte menos por eso, tal vez hasta te quiera más- dijo y le guiñó un ojo.

***

<Gracias por la dirección> fue lo último que dijo antes de cortar el teléfono y mirar el papel en el que había anotado el nombre de la calle y el número del edificio donde Lucas trabajaba. Era una constructora y el hombre era uno de los arquitectos del lugar. Se preguntó cuál sería su reacción al verla allí ¿Sorpresa? O tal vez ya sabía que iba ¿Lo esperaba quizás? No quería cantar victoria antes de tiempo, o tal vez solo no quería esperanzarse con algo que fuese una ilusión creada por ella misma. Tomó aire y abordó el ascensor, tercer piso le había dicho la recepcionista. ¿Cómo iba a encontrarlo entre todas las personas que trabajaban allí? Ni siquiera recordaba bien su rostro y cada vez que evocaba la imagen, los flashes de sus encuentros sexuales, si es que así los podía llamar, la cegaban y le coloraban las mejillas. El edificio era alto e imponente desde afuera, en algún lugar había oficinas contables, firmas de abogados, oficinas de telecomunicación y hasta un depósito para la constructora, o por lo menos eso decía el gráfico en la entrada. El elevador marcó el número deseado y entró a un amplió recibidor con luces blancas y decoración minimalista. Un hombre se encontraba hablando con una muchacha que Helena asumía era la recepcionista del lugar. Caminó a paso firme y abordó a la pareja sin mucho pensarlo.

-Buenos días ¿Podrían decirme en dónde podría encontrar al arquitecto Lucas Medrano?- el nombre le salió torpe, pero ninguno de los dos lo notó.

-¿Tienes algún tipo de cita agendada?- interrogó la chica con despreocupación.

-No exactamente, pero estoy segura de que espera verme por aquí- mintió y la mujer levantó una ceja con ironía.

-Está bien, si insistes- dijo y le señaló con la punta del bolígrafo el pasillo que se abría a su derecha —Tu nombre, por favor.

-Helena Skirzewski- Tanto la recepcionista como el hombre la miraron sorprendidos, pero ninguno hizo un comentario al respecto. No supo si eso sería una buena o mala señal -Gracias- dijo antes de adentrarse por el corredor.

Las paredes eran de un blanco pulcro y perfecto, se escuchaba solo el susurro de algunas voces y el escándalo lejano de varios autos afuera en la avenida. Le pasó por delante a tres puertas con nombres desconocidos antes de encontrarse con una oficina cuya única señalización que tenía era la palabra "Arquitecto". Podría ser él o podría ser otro. Se acercó impaciente y se preguntó una última vez si era buena idea ir hasta allá. Antes de poder arrepentirse ya sus nudillos estaban chocando contra la madera y Helena tenía la mano en el picaporte. No obstante, no lo movió sino que alguien más desde adentro abrió la puerta y se encontró con un rostro lleno de arrugas y una sonrisa alegre. No era Lucas.

-Oh...- dejó escapar él -Buen día, querida- dijo y abrió la puerta de par en par -Lucas, Helena está aquí- gritó hacia adentro y ella se quedó helada ante el reconocimiento.

-¿Qué?- escuchó una voz gruesa y joven decir desde adentro. Era la misma voz que le había preguntado cuánto lo quería -¿A qué te refieres con que Helena está aquí, papá?- el hombre salió a su encuentro y sus ojos se cruzaron haciendo que una especie de tensión se armara en el aire -Helena- soltó sorprendido -¿Qué... qué haces aquí?

-Miguel...- balbuceó -Luisa...- volvió a tratar de decir, pero tenía las ideas atropelladas en la cabeza.

-Yo los dejaré solos, te pediré los papales a eso de las dos de la tarde- Lucas llevó la vista hasta el reloj que tenía en la muñeca y asintió. El parecido entre Martín y él era notorio, ambos tenían rizos rebeldes que se le enmarañaban en el área de la coronilla y una mandíbula cuadrada y definida. Sin embargo, había diferencias. Martín tenía el cabello más claro, rubio cenizo, mientras que Lucas tenía el cabello oscuro casi azabache. Martín tenía los ojos oscuros y Lucas los tenía claros y azules.

-¿Qué... qué haces aquí?

-Tenía que verte- le salió sin querer -Es decir, tenía que hablar contigo.

-Sí, dime- aceptó y la hizo pasar con un gesto. Ella se adentró en la oficina. Había dos escritorios en cada lado de la habitación, una de ellas estaba acompañada por una mesa de dibujo. Justo en frente de la puerta había un ventanal cubierto por persianas que se abrían o cerraban para dejar ver la luz del sol. Una puerta más comunicaba la habitación a lo que Helena suponía era un baño privado y junto a la puerta un sillón desgastado y gris decoraba la oficina. De resto, solo quedaba un par de libreros junto a la puerta desconocida y una maceta gigante con una especie de palmera. Helena se sentó en el sofá, pero Lucas no se atrevió.

-Antes que nada ¿Por qué todo el mundo parece conocerme aquí?

-¿Lo dices por mi papá?

-La recepcionista también pareció reconocerme, ella y otro hombre más-

-Sí, lo siento. Es una historia larga, pero es básicamente mi culpa- apretó una sonrisa incómoda.

-Está bien, ya me lo contarás…- tomó aire y se preparó para decirlo -La razón por la que estoy aquí es porque mis habilidades se han estado… descontrolando y creo que todo empezó con nuestra sesión- Lucas no dijo nada, ni siquiera reaccionó -Solo quería saber si había algo extraño, o si te estaba pasando algo fuera de lo común- él soltó una risa nerviosa y negó con la cabeza.

-No realmente, no sé qué decirte- se encogió de hombros y le observó el rostro con delicadeza.

-¿Nada de sueños? ¿Nada de nada?- él tragó hondo y repitió el gesto.

-No, nada de nada- Helena suspiró incómoda sin saber qué más decir a continuación.

-Está bien, disculpa mi intromisión- dijo a secas y se levantó. Lucas se apresuró a seguirla y trató de detenerla en la puerta.

-¿Eso es todo?- ella lo miró sorprendida

-Sí ¿Qué más habría? Obviamente me estoy volviendo loca- y se rio solo para no llorar justo delante de él. La piel le vibraba en su presencia e imágenes de su sueño la hacían sentir incómoda junto a él.

-Bueno, tienes razón- ella abrió la puerta decepcionada y salió.

-Fue un gusto verte…- dijo sin saber qué más agregar.

-Helena…- escuchó su nombre como un suspiro y se volteó rápidamente hacia él -¿No vas a preguntar por qué te reconocen?

-Oh… claro…

-Todos creen que eres mi novia aquí- ella se quedó de piedra.

-¿Por… por qué?- tartamudeó impresionada.

-Porque no quise decirles que habías sido mi terapeuta… y no supe qué más decir- se metió ambas manos en los bolsillos y continuó -Pero no te preocupes, les diré que viniste a terminar conmigo- Helena asintió sin saber qué otra cosa hacer y se encaminó hacia el ascensor.

7. NO MÁS EN CUATRO

Helena había tomado la firme decisión de no volver a atender a
ningún otro cliente, por lo menos hasta que no se deshiciera de
los efectos secundarios de los últimos dos y de Lucas, sobre todo
de él. El encuentro había sido tan incómodo que no sabía cómo
procesarlo. Al salir del edificio y retomar la acera, se había sentido
tan estúpida y fuera de lugar. Ni siquiera recordaba cuál era la
excusa que le había dado y en lo único que podía pensar era en lo
mucho que quiso besarlo durante todo su encuentro, y por segundos, hasta minutos, había pensado que él sentía lo mismo que
ella. Que la veía y se quemaba por dentro de las ganas de hacerle
el amor. Pero no, solo fue una conversación incómoda y miradas
extrañas que no sabía cómo interpretar.

La habitación olía al nuevo tipo de incienso que había comprado
esa misma mañana, había escogido frutos cítricos. El anterior le
recordaba a los episodios que había tenido y le daba miedo regresar allí. Helena se encontraba recostada sobre el sillón, descalza y
con los pies sobre el reposa brazos. El teléfono le había sonado
en algún momento, pero estaba muy lejos y no quería levantarse.
Ya había dado sus tres clases del día y no quería regresar a su casa,
tenía miedo de quedarse dormida y soñar con Lucas, desearlo,
necesitarlo.

Estaba completamente convencida de que era él, pero no se explicaba cómo o por qué estaba sucediéndole todo eso a ella. Respiró profundo y movió los dedos de los pies, estirándose y tratando de sacudirse la pereza. Escuchó el tono de llamada y miró
en dirección a la puerta, podría ser Lilly o Amanda buscándola. Si
era así, entrarían a su oficina en cualquier momento. Sin embargo,

nadie lo hizo, sino que un repiqueteo de nudillos inundó el cuartico. Helena se incorporó como un rayo, ¿podría ser su mamá? Dejó salir un "adelante" y se levantó y avanzó medio camino hasta el umbral. Cuando la puerta se abrió, pudo ver la imagen alta de Lucas. Los rizos oscuros estaban desordenados, pero más bajos que la última vez. Ella se quedó sin habla y solo se miraron en silencio. El Lucas que ella había conocido en su sueño era idéntico físicamente, pero en cuestión de temperamento era algo completamente diferente, o eso parecía.

-Hola- dijo él cortando el silencio.

-¿Qué... qué haces aquí?- tartamudeó ella.

-Yo... Yo quería hablar contigo- se rascó la nuca con nerviosismo.

-¿Sobre?- él negó con la cabeza y otra vez se apagaron sus voces.

-Si es sobre mi visita de la semana pasada, lo siento. No fue mi intención, yo solo quería obtener respuestas y Miguel fue muy amable en darme tu dirección- él la miró sorprendido.

-No es por eso que vengo... Es decir, sí, pero no estoy molesto porque lo hayas hecho- tomó una pausa y esperó a que ella dijese algo, no lo hizo y él continuó -Te mentí el día que fuiste...- soltó casi arrepentido. Helena lo miró perpleja.

-¿Sobre...?

-Yo tampoco he sido el mismo desde nuestra sesión, pero no sabía qué hacer- Se acercó a ella tan lentamente que ninguno se dio cuenta cuando estuvieron suficientemente cerca en el centro de la alfombra.

-¿Qué... En qué sentido?

-He estado teniendo sueños, fantasías...- la voz de él se perdió y ella sintió que el corazón se le iba a salir por la boca -No sabía cómo decírtelo ese día, ni ningún otro. No podía solo venir aquí y soltártelo- Lucas se percató del sonrojo en su cuello y mejillas, y de lo cerca que la tenía -Tampoco sé si es una buena idea estar diciéndotelo ahora- desvío la mirada y se concentró en cualquier otra cosa en la habitación.

-¿Y... y por qué vienes a decírmelo ahora?

-Porque siento que me estoy volviendo loco y tal vez tú puedas esclarecer un poco toda la situación...- el final ya parecía más una pregunta que una afirmación.

-Yo tampoco tengo respuestas...- suspiró al tenerlo tan cerca que era capaz de encontrar sus labios a pocos centímetros. -Nunca antes me había sucedido y lo que conozco del tema no es muy alentador.

-¿Qué conoces al respecto?

-A mi mamá le pasó, pero no terminó bien- le costaba respirar estando tan cerca de él.

-¿Qué ocurrió?- ella olía a vainilla y a fresas, pero trató de no concentrarse en eso.

-Él está muerto y mi madre no es la misma- Lucas la miró sorprendido -Ella me advirtió, que no hiciera lo que he hecho contigo o con Miguel... O con Luisa.

-Te puede haber pasado con ellos...- otra vez avanzó.

-Lo sé...- susurró. Sus ojos se enfocaron en la manera en que apretaba los labios y respiraba con agitación.

-¿Qué hacemos entonces...?- interrogó y llevo sutilmente ambas manos hasta su cintura. Ella lo sintió natural, como si estuviese hecha para que él la sostuviera.

Helena tragó hondo y se humedeció los labios con la lengua. Lucas olía a una mezcla de colonia, jabón y una fragancia que no podía identificar. Su aliento le rozó los labios y ella sintió cómo le vibraban los suyos por el deseo. Él la presionó un poco más y sus cuerpos chocaron el uno contra el otro. Sus respiraciones estaban agitadas y era lo único que se escuchaba en el cuartico. Una inclinación fue todo lo que Lucas necesitó para apretar sus labios contra los de ella. Le supo a las naranjas que se había comido hacía media hora, a eso y a gloria. Ella lo abrazó por el cuello y dejó que él introdujera la lengua en la boca. Ella se deshizo en el sabor de sus labios y él llevó ambas manos hasta sus nalgas, las estrujó en contra de él y la alzo seguidamente. Ella lo rodeó con ambas piernas y Lucas avanzó hasta el sillón donde la depositó sin separarse de ella. Helena, hambrienta, se aferró a su camisa, la jaloneó con fuerza y lujuria, intentando deshacerse de ella y continuó apretándolo entre sus muslos. Él le acarició los glúteos, los sintió firmes y abundantes. Lo hizo por encima de la ropa y por debajo de ella, rozando la piel y masajeando la carne que iba encontrando. Helena le mordisqueaba el labio inferior y jugaba con su lengua. Nunca antes el deseo la había consumido de esa manera. Le quemaba la piel, la entrepierna. Se sentía húmeda y un cosquilleo le invadía el cuello uterino, haciendo que en lo único que pudiera pensar, era en todas las veces en que Lucas y ella habían estado juntos, y cómo anhelaba que volviera a suceder. Lo quería tener dentro de ella, quería sentir el roce de su piel desnuda y la manera en que la deseaba. Ella lo despojó de la camisa e inmediatamente llevó sus manos hasta el botón del pantalón, él dejó escapar un sonido gutural y lujurioso. Nunca antes le había pasado algo como aquello, en lo único que podía pensar era en las imágenes de ambos juntos y desnudos. Quería que se hicieran realidad y era lo único en lo que había soñado las últimas semanas.

Helena desabrochó el pantalón rápidamente, lo sintió recorrerle el cuello a besos y seguidamente le dejó quitarle la sudada camiseta. Lucas no se molestó en mirarla, ya la había contemplado muchísimas veces en sus sueños y se conocía cada rincón de su cuerpo. Era probable que él hubiese soñado más con ella que ella con él, fantaseaba con los recuerdos y cada vez que estaba solo (a veces incluso acompañado) Helena volvía a su mente. Las semanas que habían pasado desde su primer encuentro habían sido una tortura, pero allí la tenía y finalmente estaban juntos. Probó sus hombros, su cuello, su pechó. Ella lo dejó saborearla, con hambre, con los labios suficientemente abiertos como para dejarle un rastro de su boca por cada lugar donde pasaba. Ella respiraba con dificultad, estaba excitada y sentía que cada prenda que llevaba puesta todavía, pesaba y estorbaba el doble o el triple. Lucas le acarició la espalda, la curva de la cintura y la zona casi cubierta con las calzas deportivas. Llegó hasta el broche del corpiño y estuvo a punto de desatarlo cuando escuchó la voz de un hombre y unos nudillos contra la puerta. Ambos quedaron de piedra, él sobre ella y con la boca sobre su cuello, y ella aferrada a sus nalgas casi descubiertas. Se detuvieron en seco, todavía agitados y excitados. Helena tenía la piel enrojecida y la parte posterior del cuello estaba cubierta por mechones de cabello mezclados con el sudor que había desprendido en la clase y en esos excitantes minutos con Lucas.

La puerta se entreabrió y la mujer buscó con desesperación la prenda que Lucas le había retirado previamente. Gritó llena de pánico <Un momento> y como pudo salió de debajo del cuerpo del hombre y se vistió. Miró a Lucas angustiada y él dejó escapar un largo suspiro antes de abrocharse el pantalón y sentarse sobre el sillón. Ella esperó a que él se pusiera la camisa una vez más. Lo notó frustrado y decepcionado, tanto o más que ella. Helena se movió apresurada hasta la puerta y la entreabrió para salir con el suficiente sigilo. La cerró detrás de ella y se enfrentó al rostro contrito de Martín.

-¿Es él, no es así?- ella se cruzó de brazos incómoda y asintió con la cabeza -¿Desde hace cuánto, Lena?

97

-Hace una o dos semanas más o menos- logró decir casi en un murmullo. No quería sentirse mal al respecto. Desde todo lo que había pasado entre ellos, ella solo había sido miserable, ahora Lucas cambiaba eso.

-¿Están juntos? ¿Es algo oficial?- ella negó con la cabeza y apretó los labios en una mueca sin saber qué responder.

-No sé lo que ocurre entre nosotros, tampoco sé lo que va a pasar.

-¿Desde hace cuánto lo conoces?- sus palabras salieron duras y frías.

-Un par de meses...

-¿Terminamos por él?

-No- exclamó indignada -Lo que pasó entre nosotros pasó por culpa de nosotros dos, me incluyo y todo- él asintió con la cabeza, pero su expresión seguía igual -Martín, esto iba a pasar en algún momento.

-No tenía por qué pasar, no hace ni dos meses enteros que terminamos... yo...- se calló abruptamente y la miró de reojo. Tenía miedo de afrontarse a la evidencia.

-Pero terminamos, que es lo que importa. No íbamos a terminar y a volver toda la vida- Helena se giró para mirar el picaporte de su oficina. Lucas estaba allí adentro, tal vez escuchara lo que estaban hablando -Martín, de verdad lo siento. Mi intención nunca ha sido lastimarte, pero no tiene sentido que volvamos.

-¿Le quieres?- interrogó abruptamente.

-No lo sé, no me preguntes esas cosas- le reprendió alejándose de él.

-Está bien. Yo solo pensé... que... tal vez tengo derecho a saber.

-No te hagas eso- negó con la cabeza -Esto es algo que tenía que pasar, uno de los dos primero que el otro.

-No- espetó frustrado -Lena, no- se acercó a ella y luego se alejó violentamente -Pasa porque quieres...- se dio media vuelta y se fue.

Helena lo observó alejarse. Se parecía a Lucas de una manera asombrosa cuando lo miraba desde atrás. Tal vez lo única diferencia fuese el color de cabello. Regresó al cuartico y lo encontró ya vestido y arreglado como si su escena apasionada nunca hubiese sucedido. Lucas tenía los ojos clavados en la alfombra, pero al percatarse de ella levantó la vista y se le quedó mirando con una sonrisa apretada.

-Lo siento por todo eso...- fue lo único que encontró para decir.

-Yo lo siento- discrepó ella -No pensé que algo como eso ocurriese.

-¿Hace cuánto terminaron?- soltó de improvisto.

-Hace ya varios meses.

-¿Por qué terminaron?- insistió.

-¿Para qué quieres saber?- Lucas se encogió de hombros fingiendo inocencia -Terminamos porque me cansé de ciertas cosas que hacía... no sé, tal vez no lo amaba lo suficiente como para soportarlo- él hizo una mueca de tristeza con la boca.

-Lo siento mucho, Lena- el sobrenombre le pareció extraño en los labios de él.

-No, no, tranquilo- la mujer intentó concentrarse en cualquier otra cosa. No sabía que esperar de él o de ella misma.

8. MADRE E HIJA

Clarissa se estiró sobre una cama ajena con pereza. Sus extremidades se enredaron con las sábanas hasta encontrar un cuerpo desnudo junto a ella. Se encogió sobre si misma con arrepentimiento y se alejó del hombre. Sin embargo, Julio la atrajo hacia él y con manos expertas le acarició la espalda y los glúteos. Clarissa se concentró en el movimiento sobre su piel y finalmente se destensó y lo abrazó. Él no dijo nada, solo le recorría el brazo con pequeños movimientos circulares. Ella no supo cómo decirle que no a sus caricias, pero todo dentro de ella quería huir. Desde la vez que habían estado juntos en el centro cultural, su relación se había convertido en una adicción, tanto para él como para ella. Ya no iba al trabajo con regularidad y ya había dejado a Helena un par de veces con Margaret para estar con él. Se veían en su apartamento o en la casa de él. Al principio había sido con varios días de intermedio, pero luego ya ninguno de los dos podía controlarlo y se buscaban desesperados cada día de la semana. Una parte de Clarissa pensaba en Helena y en su vida anterior, en lo que se estaba convirtiendo con esa adicción. No obstante, Julio no pensaba en otra cosa y mientras ella intentaba remar en dirección contraria, él la buscaba y perseguía, arrastrándola con él. La tarde anterior lo había confrontado, le había dicho que de esa manera no podían seguir y cuando dijo "necesitamos desligarnos" Julio entró en pánico. Ella quería su vida de vuelta, pero él no y no estaba dispuesto a ceder lo que tenía. Clarissa nunca había visto a un hombre llorar en su vida y fue la cosa más devastadora que pudo experimentar. Así había comenzado su manipulación, y ella lo sabía, pero no quería admitirlo.

-Tengo que irme- le dijo ella, pero él la abrazó más fuerte e hizo un sonido triste y gutural.

-No, no tienes...- y le besó el cabello y la frente. Ella se trató de zafar, pero le fue imposible -Quédate, yo te hago el desayuno- y repitió el gesto anterior.

-No veo a Helena desde hace dos días- y dejó de intentar de zafarse, le dio una mirada de tristeza y suspiró.

-Tienes razón, vamos a ver a Helena- y la besó en los labios mientras se posicionaba encima de ella. Clarissa sintió su miembro erecto entre las piernas y su lengua le embriagó el paladar. Le abrió las piernas y se aferró a él con los muslos. Él soltó un sonido gutural y excitado y ella lo agarró por las nalgas mientras se concentraba en la sensación que él le daba cada vez que hacían el amor. Le besó el cuello y luego los senos. Ella le metió los dedos en el cabello y comenzó a jugar con él mientras sentía cómo él lamía sus pezones y los succionaba con fuerza. Ella gimió y lo haló por el pelo, bien excitada. Él rio con malicia y pasó al siguiente. Clarissa lo soltó y se impulsó provocando que ambos rodaran sobre el colchón, enredándose entre las sábanas. Lo miró desde arriba, Julio podía apreciar la manera en que sus senos caían. Llenos, voluptuosos, hinchados por su culpa. Tenía el cabello desordenado y en el pecho, por la línea que separaba sus senos, corría una casi imperceptible gota de sudor. Ella lo sintió entre las piernas, pero se retiró de su pelvis y él la observó expectante mientras ella se sentaba más debajo de sus rodillas, suficientemente abajo como para inclinarse sobre su pene. Sin quitar los ojos de los suyos, lamió el miembro y lo sintió temblar debajo de ella. Lo volvió a hacer y él repitió la acción. Lo escuchó respirar agitado, impaciente y se lo metió a la boca. Jugó con él mientras lo sentía tensionar las piernas, lo succionó levemente y él gimió por la excitación. Siguió hasta que él le pidió que parara y se lo sacó de la boca. Julio se concentró en no terminar, no le gustaba acabar en un lugar que no fuese dentro de ella, de esa manera sentía que Clarissa era verdaderamente suya. La atrajo hasta su boca y la tomó por los muslos para que quedara encima de su miembro duro y excitado. Ella se acomodó para dejarlo entrar y comenzó a moverse rítmicamente, de atrás hacia adelante, con los dedos extendidos sobre su pecho. Le acaricio el cuerpo mientras lo sentía dentro de sí, se aferró con los muslos y trató de que llegara más profundo. La oleada del orgasmo le llegó primero a él, pero en cuanto el semen se vació dentro de ella un cosquilleo le recorrió el cuerpo entero. Julio la abrazó mientras todavía la poseía, la besó en los labios y le acarició la espalda hasta que ella se dejó caer y poco a poco se fue acomodando a un lado en la cama. Él la rodeó con los brazos y luchó por no quedarse dormido. Clarissa, en cambio, entró en un estopor incontrolable y a los pocos minutos ya había perdido la noción de dónde estaba.

Despertó casi al mediodía, Julio no estaba en la cama y el estómago le gruñía ferozmente. Buscó su ropa en la habitación, pero no había una sola prenda de ella en todo el cuarto. Se cubrió con las sábanas y fue arrastrando una cola de tela blanca y gris por toda la casa. Primero verificó que la planta alta estuviese vacía. Recorrió el pasillo principal que comunicaba con las escaleras, el cuarto de huéspedes y el baño. Julio no estaba así que bajó por las escaleras de madera, su peso provocaba que los escalones crujieran y el murmullo de las sábanas contra su piel y contra el piso inundaba el aire. Era todo lo que podía escuchar porque la sala, la cocina, el estudio incluso, todo estaba completamente vacío. Entró en pánico y corrió, abandonando sus vestidos por el suelo, hacia la puerta principal. Estaba cerrada con llave. Las ventanas tenían un seguro especial del que nunca se había percatado y la puerta trasera había sido tapeada desde el jardín. Clarissa sintió la bilis subirle por el esófago quemándole la garganta. Estaba aterrada y Julio no aparecía. Lo primero que se le vino a la mente fue la pequeña Helena preguntándose por qué no veía a su mamá desde hacía días. Las lágrimas le salieron a borbotones y sin poder controlarlas o contenerlas. Gritó el nombre de su amante, corrió enfurecida mientras chillaba, pero nada de lo que hacía mejoraba su situación. Al final, completamente derrotada, fue hasta el lugar donde habían caído las sábanas, se sentó sobre ellas y finalmente se envolvió mientras lloraba a todo pulmón. Nunca antes se había sentido tan vulnerable, tan estúpida y traicionada. ¿En qué punto pensó que acostarse con un extraño sería una buena idea? ¿Qué se le pasó por la cabeza cuando aceptó aquel comportamiento obsesivo como si fuese normal o natural? No, no. Ella misma lo había buscado, ansiaba estar con él y por lo tanto no le parecía nada fuera de lo común que él demandara de ella como si fuese un objeto de su propiedad.

Se negó a rendirse ante el agotamiento o el hambre. No se movió de su lugar hasta que sintió que pasaron milenios y escuchó el ruido de la puerta abrirse. Se incorporó de un tirón y sin cubrirse completamente dio un brinco en dirección a la salida. Julio se metió con sigilo y la encontró a centímetros de él con el rostro hinchado por el llanto. La miró consternado y con una mueca de dolor fue hasta ella y la abrazó en su desnudez.

-¿Qué ocurrió?- interrogó sorprendido.

-Me dejaste encerrada- trató de gritarle, pero le salió un murmullo aterrorizado.

-Clarissa, no- se inclinó para verla a los ojos y le acarició las mejillas con completa inocencia –Fui a comprar algo de comer, no me pude haber ido ni media hora- le aseguró impactado mientras verifica en su reloj de pulsera –Vaya, me tardé un montón- dijo espantado y la abrazó con fuerza -Perdóname… no me di cuenta.

-¿Por qué me encerraste?- le demandó ella.

-No te iba a dejar las puertas abiertas, Clarissa- replicó él mientras se comenzaba a irritar -¿Y si algo malo te pasaba?

-¿Qué me iba a ocurrir?- interrogó casi sin voz.

-Se pueden meter a la casa, hacerte daño...- se apartó de ella y la tomó por ambos brazos. Un pecho le sobresalía del vestido improvisado que había intentado hacer con la ropa de cama. La admiró con lascivia y guardó silencio por unos segundos –De paso la llave estaba en la cocina... podías salir en cualquier momento.

-Oh...- fue todo lo que le salió -No estabas... yo... entré en pánico- murmuró al punto en que el estómago le gruñía con sonoridad.

-Mi amor ¿Tienes hambre?- preguntó cambiando de tema. Ella le dedicó una mirada breve a la salida y luego se concentró una vez más en él. Asintió con la cabeza y él le acomodó la prenda para cubrirla por completo.

La cocina era un cuarto grande y amplio con una ventanilla cubierta por una fina capa de grasa y una cortina vieja que había sido, en algún punto, puesta por la difunta madre de Julio. Todo en esa habitación necesitaba algún tipo de arreglo, reparación o mantenimiento. La campanilla central ya no servía, el horno tenía una parte de la puerta dañada por el uso, las gavetas estaban comidas en las esquinas, y las alacenas necesitaban ser lijadas y barnizadas una vez más. No obstante, Clarissa no podía encontrar un solo defecto en la manera en que Julio limpiaba cada artículo. Se sentó junto al mesón paralelo al lavaplatos y lo escuchó hablar y hablar hasta que el desayuno estuvo listo. Él no probó la comida en ningún momento, pero la dejó desayunar con tranquilidad. No fue hasta que ella terminó de lavar su plato e hizo amague de vestirse que lo escuchó quejarse.

-¿A dónde te quieres ir?- no parecía molesto, pero el tono de voz la estaba comenzando a poner nerviosa.

-Me quiero vestir- explicó.

-He mandado tu ropa a lavar esta mañana, no quiero que salgas con una prenda de muda que no sirve.

-Sí sirve, Julio- le respondió a la defensiva -¿Ahora qué me voy a poner?

-La tintorería me aseguró que traería lo que le mandé a finales de la tarde. No tienes que usar nada hasta entonces.

-¿La tarde?- chilló espantada.

-Sí, es solo un ratico- le aseguró mientras hacía una mueca de súplica.

-No quiero seguir dejando a Helena con Margaret- se quejó irritada y salió de la cocina levantando el exceso de tela.

-No lo harás- le aseguró a dos pasos detrás de ella. Ella se detuvo y se volteó a mirarlo con ojo crítico -Pienso que es hora de que ella sepa lo que es el amor de verdad- su rostro se transformó de inmediato.

-No entiendo…

-¡Vivamos juntos!- exclamó él sin poder contener la emoción. Clarissa sintió que algo le jalaba los intestinos y se los retorcía.

-Ya va ¿Qué?

-Es el momento- le aseguró con entusiasmo –Mi casa es bastante grande, Helena casi no recuerda a su papá y yo sé que puedo hacerlo mejor- Clarissa pestañeó confundida y aterrorizada al mismo tiempo.

-Tenemos una semana juntos- chilló ella -¿A qué te refieres con que es el momento?

-Clarissa, no entiendo. Pensé que era algo que te gustaría también. Me tendrías a mí y a tu hija al mismo tiempo. No habría que esconderse y sé que tu hija me adoraría como papá- la tomó por los brazos con firmeza y la atrajo hacia sí. Ella no pensaba con claridad, pero no quería apresurarse en algo como eso.

-Julio…- masculló tratando de no descubrir sus sentimientos – No… no creo que sea buena idea.

***

El restaurante olía a ajo y apio cuando entró por primera vez. Iba sola y nunca antes había entrado al lugar. Lucas lo había recomendado y había insistido en verse allí con ella. Helena, loca por estar con él una vez más, aceptó. Esa noche estaba lloviendo, tanto que ni el paraguas pudo protegerla por completo. Tenía la bota del pantalón mojada hasta la mitad y esperaba que el mantel de la mesa lo disimulara lo suficiente. No había casi nadie en el lugar cuando entró, apenas una familia y una pareja comiendo en una esquina. Ella escogió un lugar junto a la ventana y procuró esconder los pies bajo la mesa junto al paraguas empapado. Una chica la recibió con una sonrisa y le ofreció una carta, Helena la aceptó y comenzó a revisarla con esmero. El menú entre sus manos eran dos hojas de papel plastificadas y anilladas. El color contrastaba con las paredes que parecían estar revestidas por un papel tapiz de colores ocres y amarillentos. Lucas le había dicho que lo mejor que podían pedir allí era pato a la naranja y fue lo primero que buscaron sus ojos. No obstante, no quería pedir sin él y no sabía cuánto lo iba a esperar. Miró por la ventana y vio las gotas caer despavoridas, estaba diluviando afuera. Esperó un minuto, diez, quince, pero Lucas no llegaba. No tenía su número, así que esperó. Habían pasado casi 30 minutos y dos cafés cuando entró chorreando agua, empapado hasta las medias. Ella se levantó impactada y sorprendida y sintió un tirón en la boca del estómago, algo que no podía controlar y que hacía que sus rodillas temblaran. Él llegó hasta ella dando grandes zancadas y se quedó parado justo en frente de ella, sin saber qué decir.

-Lo siento- exclamó él mientras ella observaba su rostro cubierto por pequeñas gotitas. Lucas sopló un par que le colgaban del labio superior y se pasó el dorso de la mano por el frente. El restaurante estaba templado gracias al aire acondicionado, pero él estaba temblando por el agua. Se sacó el sobretodo y lo dejó encima de una silla -dime algo- pidió incómodo. Ella pestañeó sorprendida.

-Pensé que no venías- se le escapó y él dejó ver una sonrisa nerviosa.

-Quería llamarte, pero no tenía tu número... La última vez se me olvidó pedírtelo- Helena asintió y tragó hondo con las imágenes de su último encuentro.

-Está bien, con este clima me imaginé que podría pasar.

-¿Tú cómo estás? ¿Te mojaste mucho?- preguntó mientras se acercaba a una silla y la sacaba para ella. Helena se sentó y meditó antes de responder.

-Ammm... Más o menos- y movió los pies incómoda por el agua.

-¿Pediste algo?

-Solo café, ha sido un día largo.

-¿Qué pasó?... Si se puede saber- Helena negó la cabeza restándole importancia.

-Mi mamá quiere hablar conmigo... Está preocupada- Lucas levantó ambas cejas intrigado -Ella puede hacer lo mismo que yo- explicó y jugó con la taza de café entre sus manos.

-¿A qué te refieres?

-Lo mismo que hice contigo, lo heredé de ella.

-¿Y por qué está preocupada entonces?- una camarera se acercó a la mesa y Helena se calló antes de siquiera empezar a hablar. Lucas la dejó escoger y ella pidió lo que le había recomendado con anterioridad -¿Entonces?...

-No sé si te comenté que las cosas terminaron muy mal para ella y su cliente- él asintió -Bueno, tiene miedo de que sea así para mí...

-¿Le dijiste?- la cortó impresionado.

-Nada muy específico, pero ella se da cuenta- se encogió de hombros y guardó silencio.

-¿Y cómo terminó el hombre muerto en todo caso?

-Se suicidó hace un par de años- Lucas hizo una mueca de asombro y disgusto -Yo estaba muy pequeña cuando todo ocurrió y me enteré mucho después que habían tenido una relación y todo... Por eso mi mamá tiene tanto miedo, dice que al principio es adictivo y cuando te das cuenta estás hasta el cuello de algo que no puedes controlar- Él extendió su mano hacia la de ella y la sostuvo.

-No va a pasar nada de eso, te lo prometo- se llevó sus dedos a la boca y los besó.

-Yo no sabía si decirte todo esto, es mucho que procesar y yo... Es decir, tú...-tartamudeó.

-Todo va a salir bien, ya verás... Ten fe- y le sonrió con confianza.

Ninguno respondió a esas palabras, sino que se sentaron en silencio, escudriñándose el uno al otro, buscando la persona que habían conocido en sueños. Ella no lo reconocía por completo, se le hacía más gentil, más inocente de lo que había sido en sus encuentros anteriores. No se lo imaginaba demandándole afecto mientras hacían el amor. No, Lucas se veía confiado, dulce y gentil. La camarera llegó con los platos antes de que el silencio se volviese incómodo y en segundos se concentraron en la comida, haciendo comentarios corteses de vez en cuando. El hambre que tenía Helena desapareció casi por completo en el momento en el que él había atravesado esa puerta y había despertado un montón de mariposas que daba por perdidas. Se forzó a terminar el plato, pero le fue imposible pedir postre o comerse los aderezos. Estaba tan nerviosa que la piel le vibraba y se sentía hervir por dentro. Por segundos se preguntó si había sido así con el resto, o incluso si había sido de esa manera la primera vez que había visto a Lucas.

El encuentro no había sido muy memorable, había tenido peores y mejores clientes que él. Había visto hombres en la calle que a primera vista eran más atractivos. No, a ese hombre lo había conocido en sueños, o por lo menos al que esperaba conocer.

Helena se negó a beber alcohol esa noche, estaba a la expectativa de lo que sucedería en cuanto terminaran de comer y él la acompañara a su casa. Él tampoco bebió, dijo que le caía mal al estómago y la camarera tuvo que servirles té frío y limonada. La noche estaba fría para haber sido un día de verano y caminaron sin tocarse hasta la puerta de su edificio. Lucas, la tomó de la mano al llegar y después la besó en los labios. Fue el único gesto que tuvo con ella antes de dar media vuelta e irse.

***

-¿Estás bien?- era la voz de Lucas preguntándole por teléfono. Ella asintió y dejó escapar alguna onomatopeya -¿Cuelgo entonces?- interrogó y ella soltó un suspiro.
-Todavía no llega- contestó y lo escuchó soltar una risilla por el auricular.
-¿Me quedo hasta que llegue?
-Distráeme un poco- le pidió.

Era el tercer día consecutivo que Lucas la llamaba por teléfono. Al principio le pareció un gesto extraño, pero para la mañana de ese día estaba impaciente por escuchar su voz. Estaba al borde del colapso, los sueños habían desaparecido y sentía que iba a explotar por las ganas de verlo, tocarlo, y de que la besara en lugares que solo él sabía encontrar. No se habían vuelto a ver desde aquella noche en el restaurante y Helena no encontraba una excusa para ir hasta su despacho y que lo hicieran sobre el escritorio. Era una fantasía bastante plausible, pero la estaba guardando para alguna otra ocasión. Por el momento se conformaba con escuchar su voz, incluso si tenía miedo de que todo estuviese yendo demasiado rápido dentro de ella.

Vio a su madre cruzar el camino que dirigía al jardín donde ella estaba, se le encogió el estómago y la lengua se la enredó de la nada. No se despidió ni espero a que él se diera cuenta, solo colgó la llamada y se guardó el pantalón. Había escogido ese lugar porque su madre lo usaba con frecuencia para meditar. Entró en pánico, sabía que se daría cuenta con solo mirarla, con estar cerca de ella, pero tenía que verle o sino las consecuencias serían incluso peores.

-Lena- la saludó su madre e inmediatamente la abrazó.
-Mamá, hola- la besó en la mejilla y juntas dieron un par de pasos hasta el banco más cercano.
-¿Cómo estás? ¿Alguna visión nueva?- Ella parpadeó casi sin entender e inmediatamente asintió con la cabeza en un ataque violento. Clarissa no dijo nada, sino que apretó los labios en una fina línea y suspiró. Dejó de verla a la cara y le dio un apretoncito afectuoso en la mano.
-No, mamá. No me han dado más ataques...- intentó volver a hablar pero no le salía nada concreto -Tampoco he atendido a nadie más si te preocupa.
-Algo me dice que el daño ya está hecho, Lena.
-Mamá- chilló y sin saber cómo expresarse se movió incómoda en su lugar.
-Te dije que algo iba a pasar...
-No fue algo malo- le interrumpió alzando la voz.
-Lena, por favor. Yo también creí que se podía convertir en algo bueno...

-¡Mentira, mamá!- exclamó con frustración -Desde un principio huiste de lo que estaba sucediéndote y por eso pasó lo que pasó.

-Tal vez, no lo sé- dejó salir el aire, era un tema duro para ella - Pero yo me había divorciado de tu padre hacía menos de un mes y estaba asustada- Helena ya no recordaba a ese hombre, más se le venía a la memoria el hombre de la gorra amarilla.

-Yo no quiero estarlo, mamá- exclamó decidida -Entiendo que de esta manera puede haber consecuencias, de verdad que sí...- tragó hondo -Pero no quiero que termine como contigo y con Julio.

-No lo hagas, Lena- le aconsejó gravemente -Ninguno de los dos va a ser capaz de controlarlo y no van a saber cómo arreglarlo...- la otro no dijo nada mientras la voz de su madre se iba desapareciendo -...Lo mejor es que lo terminen antes de que empiecen, ya después será muy tarde- se levantó antes de que su hija pudiera ver las lágrimas en sus ojos.

-Mamá... ¿A dónde vas?

-Necesito caminar un rato.

-Pero...- Clarissa negó con la cabeza y atravesó el lugar hacia la parte menos visitada. Helena la observó alejarse y soltó un sonido gutural de frustración.

Sabía que la conversación iba a ser mala, pero no esperaba que lo fuese tanto. Se levantó con un nudo en la garganta y esperó cerca de diez minutos a que su madre volviera, pero no lo hizo, y con los puños apretados, y molesta consigo mismo por haber accedido a ese encuentro, se fue al interior del centro. Lo hizo a paso rápido y soltando una sarta de maldiciones entre dientes que ni ella misma era capaz de comprender. Necesitaba a Lilly o a Amanda en ese momento, tal vez si se quejaba con ellas no se sentiría como que estaba cometiendo el peor error de su vida. Tal vez su madre no tuviese razón. Pero no se encontró con ninguna de las chicas en recepción, había alumnos, pero Amanda no estaba y Helena suponía que Lilly todavía no había llegado para su almuerzo de los lunes. No lo reconoció a la primera porque buscaba a alguna de las dos mujeres. Sin embargo, cuando sus ojos le pasaron por encima una segunda vez, se dio cuenta de que él estaba allí. Lucas.

No había nada distinto en él, pero pasaba desapercibido entre la multitud de una manera en la que no se había dado cuenta antes. No quiso pensar en lo peor, que tal vez su madre tuviese razón. No, no lo haría.

-¿Lucas?- exclamó extrañada -¿Qué... Qué haces aquí?

-Estaba muy preocupado- Helena se llevó una mano al bolsillo y sacó el teléfono, desbloqueó la pantalla y vio las doce llamadas perdidas.

-¿Por qué?- interrogó confundida -Te dije que iba a verme con mi mamá.

-Ya va ¿Por qué te molestas?

-No puedes venir aquí y hacer una escena- espetó con los dientes apretados.

-Pero no te estoy haciendo ninguna escena- se excusó mientras levantaba ambas manos en señal de rendición. Helena desvió la mirada buscando algún espectador. Encontró varios ojos curiosos y se puso inmediatamente roja de pies a cabeza. Se sintió estúpida y torpe entre tanta gente.

-Lo... lo siento- tartamudeó sin saber qué más decir. Toda la conversación con su madre le tenía los pelos de punta.

-Está bien- Lucas se acercó a ella y le tomó la mano —Entiendo que no ha debido ser fácil- se la llevó a los labios y la besó -¿Tienes clases que dar?- ella negó con la cabeza —Te quiero enseñar algo, vamos- la haló con firmeza y ella se dejó llevar.

112

Helena se preguntaba si lo que había ocurrido en el recibidor del centro tendría que ver con todo lo que había dicho Clarissa. El cuerpo le seguía vibrando por el sobresalto inexplicable, pero el contacto con Lucas era lo único que lograba apaciguarlo. ¿Sería así todo el tiempo? Las palabras de su madre le vinieron a la cabeza ¿Y si tenía razón? Si nunca lograban controlar lo que les sucedía, si ese estado de incertidumbre, preocupación, angustia y recelo sería lo normal para ambos. No quiso imaginarse una vida así, pero tampoco quería pensar en tener que acabar algo a lo que ni siquiera le había dado una oportunidad. Se calló sus ideas y siguió a Lucas por la vereda y hasta el estacionamiento. Había aparcado bastante lejos y el sol calentaba con fuerza todos los autos. <¿A dónde vamos?> preguntó ella, pero no respondió, solo le regaló una media sonrisa y una mirada lasciva. La transformación fue inmediata, pero en vez de asustarse, pudo darse cuenta de cómo el lívido se le estremecía. Se metió en el auto esperando alguna caricia, pero no. Lucas no hizo nada que pudiera descubrir alguna intención.

El viaje fue silencioso, pero corto. No obstante, Helena estaba impaciente y se revolvía en su asiento con una especie de ardor entre las piernas. La última vez que lo había experimentado algo así, había sido una ilusión dentro de un sueño y estaba vez era mil veces peor. Un poco antes de llegar a la calle por donde accedía al estacionamiento de su trabajo, Lucas soltó una risilla pícara y Helena no pudo evitar imitarlo. Era como un juego para ambos, nada que ninguno de los dos hubiese esperado la primera vez que se vieron. En realidad, ella no recordaba cuáles habían sido sus impresiones el primer día que le vio, pero no había sido nada parecido a lo que ocurría en ese momento.

El día, uno de los últimos de ese verano, estaba fresco y por la calle pasaba un viento producto de la lluvia del día anterior. Como de costumbre, ella llevaba ropa deportiva y los pantaloncillos y la camiseta se le ceñían al cuerpo de una manera provocativa y erótica. Mientras atravesaban el sótano en dirección al ascensor, Helena experimentó una sensación de déjà vu que le erizó los vellos de la piel. Había algo en el ambiente que se le hacía familiar, pero no pudo identificar qué. Lucas se negó a tocarla durante todo el camino y ni siquiera en el ascensor dejó que sus manos se rozaron o le mostró un solo gesto de afecto. Ella sentía que iba a explotar y tampoco inició ningún tipo de contacto físico por miedo a romper aquella ilusión en la que se encontraban. Entraron al elevador y ella lo observó marcar el piso número cuatro después desbloquear el seguro con una llave electrónica. Tenía el corazón en la boca cuando la puerta se abrió y pudo ver un piso completo de depósito. Estaba muy bien iluminado, pero los flashes del recuerdo hicieron que la luz parpadeara en sus pupilares. Habían estado allí antes, lo habían hecho allí antes.

-¿Dónde estamos?- preguntó casi inaudible.
-Es uno de los depósitos de la compañía, aquí paso una gran parte del tiempo y a veces vengo a dormir cuando no tengo tiempo para terminar un proyecto- la tomó por la mano y la guía a través de una cantidad inmensa de cajas, estantes y archiveros. Se lo imaginó todo completamente a oscuras y se encontró a ella misma buscándolo sedienta de su compañía. Cuando llegaron al final se reconoció a ella misma sobre un colchón improvisado que había en el suelo, junto a un rincón -¿Lo recuerdas?- le susurró en el oído y ella tuvo que luchar para controlar su respiración. Tragó hondo y asintió, Lucas no le había soltado la mano, pero el toque era diferente al que le había sentido con anterioridad -¿Qué tanto recuerdas?- Se posicionó detrás de ella y removió el cabello rubio que le tapaba el cuello con el fin de poder besarla. Helena soltó el primer resuello y se apretó a su pecho, sintiendo su respiración

sobre su oído -¿Mucho?- movió la cabeza de arriba para abajo
con la respiración agitada y sensual, casi imitando a un gemido −
Helena...- nunca había escuchado su nombre de manera tan dulce
y deseable. La abrazó por el vientre y se unieron a través de su
agarre -¿Podrías decir mi nombre?- ella intentó pronunciar, pero
la lujuria se lo impedía -Más fuerte- le mordisqueó la parte superior de una sus orejas después de dar pequeños besitos sobre el
lóbulo -¡Lucas!- gimió y éste, complacido, introdujo so mano debajo de su pantalón y ropa interior. Le acarició el vello púbico y
las coyunturas de la entrepierna antes de tocar, finalmente, sus
labios e introducirse por ellos -¡Lucas!- volvió a decir con tanto
deseo que él no pudo evitar penetrarla con ansiedad e impacien-
cia. Se movió dentro de ella mientras la sentía temblar y resollar
por su agarre. Las rodillas no le permitían quedarse quieta y vibraba debajo de él con lujuria. Con la mano que tenía libre, él
agarró la suya y la llevó hasta sus glúteos y ella los apretó por las
ganas y el deseo.

-Vamos...- susurró en su oído y a pasos cortos la tumbó sobre la
cama improvisada. El material se le hizo familiar, pero poco pudo
concentrarse en eso porque inmediatamente Lucas apoyó su
miembro en contra de sus nalgas y ella lo pudo sentir excitado.
Helena tensionó la espalda y las nalgas aguantando su peso y para
que la sintiera expectante y deseosa de él. Lucas comenzó a frotarse con ella y juntos emprendieron una marcha rítmica y excitante. Él sacó sus dedos de su vagina y con ayuda de la otra mano
le haló la camiseta hasta deshacerse de ella. La mujer quedó con
el corpiño, todavía debajo de él, y sintió sus caricias y mordiscos
en la espalda. La tomó por los senos y le dio vuelta con habilidad.
La besó en los labios, primero lento y después con pasión y locura. Le mordió los labios, jugó con su lengua y ella se deshizo en

su boca mientras se aferraba a su cuello sin poder estar suficientemente cerca de él -Helena... repitió con lujuria y entre besos y mordiscos –Dime cuánto quieres estos...

-Mucho... tanto... demasiado- articuló entre besos y él gimió excitado ante sus palabras.

-¿Me amas?- interrogó, pero ella no escuchaba ni pensaba con claridad –Mucho... tanto... demasiado- insistió y él volvió a gemir en su boca. Helena lo rodeó con las piernas y levantó su pelvis lo suficiente como para que ambos cuerpos se tocaran por completo. Sintió su roce, el ir y venir de sus caderas. El bulto apretado de su pene en contra del cinto del pantalón. Ella fue hasta él por instinto y lo acarició, provocativa. Lo soltó y lo escuchó renegar hasta que se dio cuenta que ocupaba sus manos desabotonando la camisa. Fue de un botón en uno hasta que, faltando los últimos cuatros, Lucas se obstinó y se sacó la camisa por el cuello reventando los último dos. Ella prosiguió con el pantalón hasta despojarlo de él -No... es... justo...- dijo entre besos cortos y dulces – Tienes demasiada ropa- le murmuró sobre los labios y le bajó el pantalón junto a la ropa interior de un solo tirón. Ella se los sacó por los pies después de deshacerse de las zapatillas. La volvió a tomar por el canal de la vagina y la sintió gemir en su boca, insatisfecha -¿Cuánto deseas esto?- ella soltó un montón de onomatopeyas sin sentido y él le rio en los labios. Volvió a hacer la misma pregunta -¿Cuánto, Helena?- y como respuesta lo ayudó a introducirse más dentro de ella -¿Así?- preguntó jugando con las paredes y los labios. Ella aceptó con una afirmación casi inentendible. Lo soltó y se dirigió hasta su ropa interior retirándola de un jalón violento y desesperado. Curvó la línea de sus caderas y pelvis y se aferró a él con los muslos.

Lo sintió introducirse en ella como si fuese la primera vez que estuviese con un hombre. Su miembro era grueso y grande, pero encajaban perfectamente. Soltó un gemido casi inaudible y fue aumentando la intensidad mientras él entraba y salía de ella con fuerza y lentitud. Ella susurró su nombre con el cuerpo envuelto en éxtasis y él se vino dentro de ella. No salió hasta que no se sintió vacío y ella no lo soltó hasta que supo con certeza que eran uno. Tenía todo el cuerpo sudado y el contacto de su pecho con el de él era firme y difícilmente se lograban separar o mover por centímetros. A Lucas no le importó, se quedó abrazada a ella hasta quedarse dormido sobre su pechó, con la cabeza entre sus pechos y sin hacer el menor de los ruidos. Ella le acarició el cabello hasta que finalmente también ella estaba demasiado cansada para mantener los ojos abiertos.

***

Cuando abrió los ojos sintió que estaba poseída por algún estupor o niebla de la cual no podía deshacerse. Buscó a Lucas entre las sábanas, pero no había nadie. Trató de descifrar el lugar donde estaban, pero no se parecía demasiado al depósito a donde había estado. Las luces se encontraban apagadas y a donde miraba solo encontraba penumbra. <Lucas> lo llamó temerosa, pero nadie respondió. El temor de haber metido la pata le invadió el cuerpo y se cubrió con lo primero que encontró. No le podía estar pasando esto, chilló para sus adentros. Volvió a llamar y finalmente se decidió a levantarse. Estaba ya parada sobre un lugar completamente descocido cuando escuchó su voz. Se oía distinta, amarga como una medicina.

-Estoy aquí- le dijo, pero no podía verle con claridad.
-Que susto que me ha entrado.
-Vuelve a dormir- ordenó confiado.
-Tengo hambre- mintió -Salgamos a algún lado.

117

-Te busco lo que quieras.

-Quiero ir contigo, tranquilo- y no se escuchó más nada –Lucas... ¿Lucas?

-Quédate un rato más, Helena- le pidió, pero casi sonaba como una orden.

-No, vamos- refutó incómoda.

-¿Qué quieres? Lo que quieras yo te lo busco.

-¿Qué ocurre?- interrogó cortante y con un nudo en la garganta que no comprendía.

-Nada...- mintió casi sin voz y éste se levantó de la cama. Necesito mi ropa... no veo- se quejó intentando imitarlo.

-No necesitas ropa- comentó con picardía, pero su imagen era casi imperceptible –Estaré de vuelta en veinte minutos.

-Lucas... Esto no es gracioso- su voz resumía pánico -¿Qué voy a hacer si alguien viene?

-Aquí nadie viene, es un lugar para los dos nada más.

-No entiendo- dijo confundida.

-No importa...- sintió sus labios contra los suyo –Eres un sueño hecho realidad- le dijo y cuando ella intentó aferrarse a él, este se había desvanecido.

<Helena...> se dijo a sí misma <Que esto sea un sueño, por favor despierta> rogó con los ojos llenos de lágrimas, pero aunque se sentía flotar dentro de aquel lugar desconocido, nada ocurría y la sensación de que todo era una pesadilla le inundó la boca del estómago.

~*Fin*~

OTROS LIBROS:

Ese Pervertido y Yo

Un extraño, para nada de su tipo, hace que Esther viva las experiencias más eróticas de su vida. Lo extraño es, que ese extraño, no es tan extraño como ella pensaba.

Bellaka Plus

Julia, una mujer exitosa y adicta al sexo, acude a un reconocido psicólogo para solicitarle ayuda con un caso nunca antes visto en su carrera. A lo largo de la terapia, Julia descubre que la razón principal por la que ha acudido a consulta no es la única cosa de su vida que debe ser sanada. Mientras, su psicólogo descubre que tiene más implicaciones en el caso de su paciente de lo que inicialmente imaginó.

Travesuras en el trabajo

¿Quién diría que hay tanto sexo a escondidas en lugares de trabajo? Margaret trabaja como editora de artículos de una revista. Cuando un compañero de trabajo le pide ayuda para seguirle la pista a un misterioso adinerado, Maggie tendrá que salir de la comodidad de su oficina y entrelazarse con una serie de situaciones y personajes, todos relacionados con un mundo sexual esotérico, tan abierto a los demás y tan inalcanzable para ella.

Puta a los 40+

Luego de pasar 47 años bajo la sombra de un modelo de vida conservador que le obligaba a mantener celibato, y tras comenzar una vida nueva lejos de la presión familiar, Elena Casañas decide que es momento de comenzar a hacer las cosas diferentes. En el camino, se encuentra con nuevas formas de disfrutar de sí misma, forma lazos personales imborrables y descubre todas las cosas buenas que el sexo había estado preparando para ella. Pero, también se da cuenta de los choques personales que puede generar un cambio de paradigma, mientras todavía aprende a lidiar con lo que significa su nueva vida.